공양간 노란문이 열리면

공양간 노란문이 열리면

함영 지음

참글세상

1% 나눔의 기쁨

밥 속에
'삶'이 있고
'지혜'가 있다!

당신과 함께 먹은 순대국밥의 기억까지도

살지도 죽지도 못하는 중음(中陰)의 세계……. 아버지는 그와 같은 세계에 갇혀있었다. 오랜 지병으로 병원에 입원한 아버지는 상태가 더욱 악화되어 중환자실로 보내졌다. 침대난간에 양손이 묶인 채 인공호흡기를 끼고 투석까지 받아야하는 상황에서 아버지는 무척이나 고통스럽고 애절한 눈빛으로 나를 바라보며 하염없이 눈물만 흘렸다.

"아버지, 차라리 여행을 떠나요. 아픈 몸에서 벗어나 새 몸 받아 다시 살아요."

죽음은 실상 그런 과정일지 모른다고, 어쩌면 관광버스를 타고 관광 가는 것처럼 자유롭고 설렌 여행 같은 것일지 모른다고, 죽음의 문턱에서 두려움에 떨고 있는 아버지에게 나는 그렇게 위로할 수밖에 없었다. 내 말에 동의했던 걸까. 아버지는 예상보다 서둘러 먼 여행을 떠났다.

아버지에게는 미지의 험난한 여행길을 미련 없이 떠나라 해놓

고 실상 나는 가까운 여행길조차 그렇게 떠나본 적이 없었다. 글짓기에 있어 나의 정체성이 일명 밥 작가에서 때론 여행 작가로 불릴 때도 있지만 내게 여행은 매번 힘든 숙제와 같았다. 몇 번을 망설이고 고민하다가 겨우 용기를 내야만 떠날 수 있는, 막막하고도 두려운 길이었다. 더구나 말이 통하지 않는 외국으로의 여행은 더욱 그러했다. 그러나 당시 내게는 이왕이면 더욱 낯설고 더욱 물 설은 곳이 필요했던 것 같다. 여행의 이유는 매번 비슷했다. 여행 외에는 마땅히 다른 살만한 길이 떠오르지 않았다. 언제나 낯섦 투성이인 삶속에서 손발이 꽁꽁 묶여 옴짝달싹도 할 수 없는 중음과 같은 상태에 놓일 때가 있었다. 살아가는 의미를 알 수 없을 때, 사람과 세상에 대해 깊은 절망을 느낄 때, 내 문제들로부터 도망치고 싶을 때, 혹은 내 자신을 더는 위로하고 사랑할 자신이 없을 때······. 나의 여행은 대체로 그런 이유들로 인해 일어나, 반강제적이고 수동적이며 마치 오래전에 짜인 일정을 울며 겨자 먹기로 따르는 것

과 같았다. 그래서 나의 여행은 대체로 우울하고 쓸쓸했다. 그러나 여행길에서 돌아올 즈음, 나는 내가 어째서 그런 내키지 않는 여행을 혼자 떠날 수밖에 없었던가에 대해 이해하게 됐다.

여행에서 무엇을 얻겠다든지 혹은 버리겠다든지 하는 생각이나 바람 없이 떠난 막연한 여행이었지만, 여행은 번번이 내게 그래야만 했던 필연적 이유를 알게 했다. 굳이 그 이유 중 한 가지를 밝히라면 '사람'이라고 말하고 싶다. 살면서 한번쯤은 만나야할 사람을 만나야할 때, 그 사람의 존재를 알지도 못했지만 어떤 인연법으로 인해 만나야할 사람들이 있다는 걸 어렴풋이 이해하게 됐다. 미얀마 파옥선원에서 만난 세알리(출가한 여성 수행자를 미얀마에서는 이렇게 부른다) 루씨 할머니는 특히 그러했다. 그곳에 다녀온 지 여러 해 지났지만 나는 아직도 그녀를 떠올리며 그리워하곤 한다. 내가 다시 그곳을 찾게 될 때를 루씨 역시 기다리고 있을 거라는 걸 안다. 그녀와 나는 분명, 이생을 윤회하면서 잃어버렸을 오랜 과거에는 더욱 절

친하고 소중했을 인연이다.

　그곳에서 만난 17살의 수줍은 소녀-세알리 미요와 천연덕스러운 성격의 요기니(출가하지 않은 여성 수행자) 니이, 그리고 인도 다람살라 남걀사원에서 만난 열 살배기 동자승 라훌과 그곳 노란 문 공양간의 니마와 덤바 할아버지, 템플로드에서 토속품을 만들어 팔던 넉살좋은 라모, 게스트하우스 라뙤라랑의 친 가족 같았던 도야 할아버지네……. 비록 짧은 만남이었지만 그들은 내게 가족이나 고향친구 이상으로 소중한 인연들이다. 내가 서있는 자리가 의외로 소중하고 감사해야할 자리라는 걸 자신들의 삶을 통해 조용히 일러준 그들에게 많이 고맙다. 그들과 함께한 따뜻한 차와 음식에도 감사할 뿐이다. 낯선 이들과 친근한 인연으로 엮이고 이생에서의 재회가 물 흐르듯 이뤄질 수 있었던 데에는 차 한 잔, 밥 한 그릇의 공이 크다. 그래서 밥은 소중하다. 사람만큼이나.

　아버지가 돌아가시기 두어 달 전에 꿈을 꾸었다. 아버지가 큰 산 앞에서 막막한 심정으로 서있었다. 그 모습이 어찌나 애처롭던지 나는 아버지 소유의 하늘색 자전거를 끌고 그 산을 함께 넘어가려했다. 그러나 자전거를 끌고 가기에 그 산에는 너무 많은 돌들이 박혀 있었다. 아버지는 나를 집으로 돌려보내고 혼자 산을 넘어가려했다. 두어 달 후 아버지가 그 험난한 여정을 시작하려 한 순간에 나는 병원 앞 국밥집에서 콩나물국밥을 먹고 있었다. 국밥을 몇 숟가락 뜨고 있을 때, 침상에 누워있는 아버지의 영상이 불쑥 떠올랐다. 그리고 올케로부터 아버지가 곧 돌아가실 것 같으니 병원으로 빨리 돌아오라는 연락을 받았다. 그러나 나는 묵묵히 콩나물국밥을 먹었다. 그때가 온 것이, 아버지를 혼자 떠나보내야만 하는 때가 온 것이 두렵고 인정하고 싶지 않았다.

　고통스러운 육신에서 벗어난 아버지는 이제 홀가분하고 자유로워졌을까? 관광버스를 타고 관광 가는 것처럼 정말 그런 여행을 하

고 있을까? 중음이라는 49일 동안에 다시 떠나게 될 새로운 여행지를 기다리고 있을까? 얼마 전 꿈에서는 아버지가 다시 돌아왔다. 돌아가신 줄로만 알고 침상 아래 앉아있던 내게 아버지가 일어나 살아생전 단 한 번도 하지 않았던 말을 건넸다. 나 역시도 그런 말을 해본 적이 없었다. 소중히 여겨야할 인연임을 알면서도 서로의 생각이 다르다는 이유에서, 삶의 방식이 다르다는 이유에서 오랫동안 잊고 있었고 잃어버렸던 말⋯⋯. 오히려 서로를 원망하고 상처 내는 말들에만 익숙해져있던 지난날들을 이 책을 빌려 참회하고 싶다. 아버지의 발길을 다시 되돌리게 만든 그 말을, 이생의 소중한 인연들에게 이제라도 전하고 싶다. 멀고도 험한 여정에 오른 아버지에게는 물론이다. 당신과 마지막으로 함께 먹은 순대국밥까지 기억하고 그리워할 만큼 당신을 많이 사랑했던 것 같다. 홀로 길 떠난 겁 많은 여행자에게 따뜻한 마음과 친절로 살아갈 힘과 위안을 준 미얀마 파옥선원의 세알리들과 인도 다람살라와 일본 부코쿠지의

고마운 인연들처럼 나 역시 당신의 여행길을 마음으로나마 보살피
고 응원할 것이다. 오래도록 잊고 있었던 말을 전하고자 꿈에서라
도 돌아와 준 당신에게 감사와 사랑을 전하며 당신의 여정이 부디
평안하고 자유롭고 행복하기를…….

길 위의 인연들과 아버지의 평안을 기원하며

함영

3장 죽음 대신 얻은 삶의 진리
-일본 편

4장 하수구 속 중생들을 위한 요리법
-다람살라 1편

5장 **찻잔에 시나브로 물들어가는 찻물처럼**
  -다람살라 2편

1장

비와 카멜레온,
그리고 모닝커피

— 미얀마 1편

Myanmar

무모하고 도발적인
여행의 이유

가끔 삶은 삼례를 엉뚱한 곳으로 이끌었다. 이를테면 익숙하고 편한 것에서 벗어나, 예상치 못한 곳으로 튕겨져 나갈 때의 두려움과 막막함을 경험하게 하는 것이다. 낯설고 예측 불허한 설정 속에 자신을 몰아넣고 감당도 못할 불안과 온갖 감정의 동요를 자처하고 있을 때, 삼례는 그제야 자신에게 묻곤 했다. '어쩌자고 이런 짓을 한 거니?'

일단 저질러놓고 뒷북치듯 밀려오는 물음에 대해 합당한 답을 찾기란 물론 쉽지 않다. 무의식이 저지른 행동을 의식으로 이해하기란 불가능한 까닭에서일 테다. 하지만 화두를 든 수행자처럼 자신도 모르게 끊임없이 그 물음에 몰입하게 될 때는, 다시 제자리로 돌아올 즈음에서 조금은 알게 된다. 자신이 어쩌자고 그토록 무모하고 맹랑한 짓을 했는지에 대하여, 그리고 그것이 결코 돌발적이 거나 무모한 짓만은 아니었음도 이해하게 된다.

미얀마로 떠난 여행이 삼례에게는 그러했다. 여행을 가고 싶은 마음도 없고 겁도 많은 주제에 혼자 떠나는 해외여행을 감행한 것 은 사실 삼례의 삶에 있을 수도 없는 일이었다. 더구나 미얀마라는 나라는 생소하기 짝이 없는 곳이었다. 비행기에 몸을 실으면서도 삼례는 자신이 왜 미얀마에 가려는지 알 수 없었다. 다만 수년 전 미얀마에서 위빠사나(Vipassana) 수행을 하고 돌아온 한 스님의 말 을 기억할 뿐이었다. 그 스님은 숲속 곳곳에 '꾸띠'라고 하는 오두 막이 있는데, 수행하기에 그만한 곳이 없다고 했다.

사실 삼례는 수행이 아니라 도망칠 곳이 필요했다. 불운한 시 대의 한 시인은 세상이 그대를 속일지라도 노여워하지 말라고 당 부했지만, 그것이 얼마나 어려운 일인지를 삼례는 뼈저리게 절감 하고 있었다. 질투와 시기를 일삼는 사람들과 그러기에 타인의 행 복을 기꺼이 기뻐해줄 수 없는 사람들, 누군가를 모함하고 배척하 는 데에는 태연하면서도 자신의 고통에 대해서는 부당해하며 위로 받고 싶어 하는 사람들, 그리고 이해관계에 따라 얼굴색을 달리하 는 사람들과의 관계 속에서 자신의 깜냥으로는 더 이상 용납되지 않는 상황에 갇혀 질식될 것만 같던 그때 삼례가 택할 수 있는 길 은 둘 중 하나였다. 화를 폭발해버리든지 어딘가로 숨어버리는 일 이었다. 모순되고 모진 사람들은 결코 남의 행복을 바라지 않는 것

같았다. 그러한 비정함을 연달아 경험하는 것은 노여움보다는 슬픔이었다. 때문에 미얀마에 도착해서도 삼례는 자신이 그저 후자를 택해 그곳에 온 것쯤으로 그 여행의 도발적인 이유를 이해하고 있었다. 그러나 그것이 온전한 이유는 될 수 없다는 것도 어렴풋이 짐작하고 있었다.

자유의지를 찾기 위한
'관찰 프로젝트'

미얀마 양곤의 한 호텔 찻집에서 삼례는 뿐야 스님을 만났다. 한국인이지만 미얀마에서 출가한 스님은 무척이나 야위고 연약해 보였다. 미얀마 비구들이 걸치는 붉은 가사가 애처로울 정도로 깡마른 그의 체구를 보호막처럼 감싸고 있었다. 그에게 삼례는 식사라도 한 끼 대접하고 싶었지만 스님을 만난 것은 늦은 오후였고 오후불식(吾後不食, 오후부터는 식사를 하지 않음)은 미얀마 스님들이 오랜 전통에 따라 엄격하게 지키는 계율 중 하나라 삼례는 밥 대신 망고주스를 주문했다.

"인간에게 자유의지가 얼마나 있다고 생각하세요?"

테이블 위에 놓인 달콤한 망고주스로 잠시 목을 축인 후 뿐야 스님은 삼례에게 뜬금없는 질문을 던졌다. 그 질문에는 이미 '인간에게는 자유의지가 없다'라는 전제 내지는 개개인의 수준에 따라 자유의지를 가질 수도 있고 그렇지 못할 수도 있다는 의미가 함축되어 있음을 삼례는 다만 추측할 뿐이었다.

"불교와 관련된 책을 보면 '깨어있으라'는 말이 굉장히 많이 나와요. 저는 그 말뜻을 정확히 이해하지 못했어요. 깨어있는 상태가 무엇인지 알 수 없었죠. 그런데 수행을 하면서 알게 됐어요. '나'라는 객체에서 일어나는 물질적이고 정신적인 상태의 모든 현상들을 '내가' 아는 거예요. 사람의 정신구조는 매순간 일어나는 자극에 즉각적으로 반응하는 기계구조와 같아요. 어떤 사념이 떠오르면 그 사념에 빠졌다가 다른 사념이 생기면 다시 그 사념에 빠지죠. 한 생각이 떠오르면 그 생각을 하다가, 배가 고프면 먹을 것을 생각하다가, 또 누가 부르면 그 소리를 들었다가 하는 식으로 그때그때의 자극에 반응하는 거죠. 이렇듯 수많은 자극에 반응하는 패턴은 전생에서부터 이어온 습관이에요. 그러니까 습관대로 반응하는 거예요. 거기에 나의 자유의지는 개입하지 못하고 있어요."

뿐야 스님은 차분한 어투로 논리적이면서도 이해하기 쉽게 설명을 이어갔다. 그와의 대화가 깊어질수록 삼례는 지인인 시원 스님의 충고를 따른 것이 정말 잘한 일이라는 생각이 들었다. 시원 스님은 교학에서나 수행에서나 그만한 스님이 없다며 미얀마에 가면 뿐야 스님을 꼭 한 번 만나볼 것을 당부했다. 시원 스님의 말대로 뿐야 스님은 모범적이며 성실하고 지혜로운 수행자였다. 그의

화법만 하더라도 그러했다. 웬만해선 단정 짓는 법이 없었다. 직접 실천해보고 체험하고 충분히 사유해본 내용일지라도 '내 경우에는' '내 생각에는' '내가 체험한 바로는' 이라는 단서를 붙이곤 했다. 그런 표현들이 삼례는 무엇보다 마음에 와 닿았다. 전적으로 그렇다가 아니라, '내 경우에는 그렇다'라는 말에는 웬지 자만하지 않는 겸허와 지혜로움이 묻어 있는 듯했다.

"수행을 하는 건 마음의 질을 수준 높은 방향으로 개선시키고 발전시켜 나가기 위함이에요. 그런데 무작위로 들어오는 자극에 기계처럼 즉각적으로 반응하며 살아간다면 어떻게 마음의 질을 개선시킬 수 있겠어요. 그래서 수행에서 최소한 해야 할 첫 출발점은 내 안에서 뭐가 일어나고 사라지는지를 아는 거예요. 미얀마에서 주로 하는 수행법이 '위빠사나'인데, 자신의 상태를 '노팅'하는 거예요. 내가 어떤 생각을 하는구나, 배가 고프구나, 소리를 듣는 구나를 알아차리는 것이죠. 마치 남 바라보듯 자신을 관찰하는 겁니다. 그런데 대개의 사람들이 이걸 위빠사나로 아는데 정확하게는 준비훈련이라고 할 수 있어요. 그런 능력을 개발시키기 전까지 우리에겐 자유의지라는 게 없어요."

자신을 객관화시켜 바라보는 작업인 '노팅'은 자유의지를 찾기 위한 첫걸음이라고 할 수 있다. 그러한 반복훈련을 통해 어떤 자극에 어떤 마음의 반응이 일어나는지 알게 되면, 일단 습관적인 것의

고리가 끊어지고 노력하
기에 따라 자유의지가 개
입할 수 있는 여지가 생
겨난다. 가령 옛날에 자
신을 괴롭혔던 사람이 떠
오르면 화가 일어나는데,
그런 경우 보통은 화의
노예가 되어 화가 시키는
대로 하게 된다. 그런데 화가 일어난 것을 '내가 알면' 화로부터 자
유로워진다. 화에서 벗어나 그걸 통제할 수 있는 마음의 조건이 갖
춰지는 것이다. 말하자면 수행은 기계적이고 습관적인 정신구조의
패턴을 끊어내고 자유의지를 키워 스스로를 컨트롤하고 자율적인
삶을 살게 하는 훈련인 것이다.

"그럴 때 비로소 우리는 자유의지를 지닌 인간이 될 수 있어요.
그러니까 자유의지는 고도로 수행된 사람들만의 수행능력이에요."

뿐야 스님의 말에 삼례는 왠지 머릿속이 시원하게 맑아지는 느
낌이었다. 수행이 더 이상 종교적인 것도 무거운 것도 아닌 '관찰
프로젝트'처럼 다가왔다. 자유의지를 찾기 위한 관찰 프로젝트! 기
계적이고 습관적인 패턴에서 자유로워지기, 수많은 자극에 반응하
는 자신을 객관적으로 바라보기, 진정한 자유의지를 지닌 자율적
인 인간으로 돌아가기……. 뿐야 스님이 던져준 수행에 대한 참신

한 정의와 이유들을 하나하나 낚아채며 삼례는 그것이 참으로 명쾌하고 본질적인 이해라는 생각이 들었다. 근사한 설법에 대한 보답으로 삼례는 밥을 대신할만한 공양물을 궁리해보았다.

"스님, 여기서 잠시만 기다려주세요. 제가 묵고 있는 숙소가 바로 이 호텔인데 제 방에 잠깐 다녀올게요."

마침 삼례에게는 미얀마에 올 때 중간 경유지인 방콕공항에서 사둔 것이 있었다. 카카오가 듬뿍 든 벨기에산 초콜릿이다. 선원에 가서 오후불식을 하다가 혹여 허기질 것을 대비해 사둔 비상식량이었다. 한때 초콜릿을 아주 좋아한 적이 있다는 뿐야 스님은 삼례에게 초콜릿상자를 받아들고는 무척 감격해했다. 오후불식의 계율을 지키며 부지런히 정진하는 타향살이 수행자에게 존경과 예를 표하는 의미에서, 삼례는 미얀마 사람들처럼 나지막이 중얼거려보았다. 사두 사두 사두…….

메추리알 껍데기를 벗기며
사람을 그리다

    남녀노소 할 것 없이 널따란 천을 치마처럼 두른 사람들이 횡단
보도도 없는 길을 건너다니고 폐차 지경의 차들이 거리를 아무렇
지도 않게 질주하는 곳. 택시 값도 흥정에 따라 달라지고 낡고 작
은 트럭 뒤에 판자만 걸치면 버스가 되는 곳. 그리고 자칫 구걸하
는 아이에게 동정을 보였다가는 온 동네 거지들을 떼로 상대해야
하는 미얀마는 삼례에게는 그야말로 예측불허, 상상불허의 나라였
다. 미얀마의 수도 양곤에서 우리나라로 치면 전라도 촌에 해당될
법한, 여행안내책자에도 나와 있지 않은 파옥을 찾아가는 길은 더
욱 그러했다.

    첫날은 호텔 주변만 겨우 어슬렁대고, 둘째 날은 좀 더 범위를
넓혀 인근 파고다와 시장을 다녀온 후 삼일 째가 돼서야 삼례는 겨

우 용기를 냈다. 일단 호텔 레스토랑에 내려가 거방진 식사를 했다. 경기출전에 앞서 몸보신이라도 단단히 해두려는 듯, 계란에 노릇노릇하게 구워진 프렌치토스트와 주방장이 즉석에서 만들어주는 쌀국수를 두 그릇이나 해치우고도 모자라 계란과 닭살을 넣고 으깬 볶음밥까지 먹어댔다. 그러고 나서야 짐을 챙겼다.

뱃속이 두둑해진 까닭에서일까. 두렵기만 했던 여행에 찰랑찰랑 작은 설렘이 일었다. 파옥으로 가는 심야고속버스를 타는 데까지 성공해 양곤시외버스터미널을 벗어날 때는, 그새 사람들을 향한 마음에 버거움도 느껴졌다. 온갖 잡상인들이 얽히고설켜 생계를 위해 전쟁을 치루는 시외버스터미널은 사바세계(娑婆世界, 온갖 번뇌와 고통이 존재하는 인간들의 세상)의 축소판과도 같았다. 그 속에서 물 한 병을 팔기 위해 수줍은 미소를 연방 지어보이던 한 소년과 친구들의 동냥을 돕기 위해 우스꽝스러운 오리 춤을 추며 애교를 떨던 한 아이의 눈빛이 삼례의 머릿속에서 떠나질 않았다. 깜빡깜빡 빛나던 그들의 해맑은 눈빛과 미소는 아무리 생각해봐도 그 험난한 곳과는 도무지 어울리질 않았다.

다음날 아침이 돼서야 파옥선원 입구에 도착한 삼례는 지칠 대로 지쳐 있었다. 에어컨도 가동되지 않는 찜통 같은 버스에 짐짝처럼 실려 12시간을 달려왔으니 그도 그럴만했다. 버스에서 내린 삼례는 엉덩이를 걸칠만한 곳부터 찾아 앉아 가방을 뒤적거렸다.

삶은 메추리알 몇 개가 자신과 별반 다를 바 없는 신세로 처량하게 짜부라져 있었다. 삼례의 옆자리에 앉아 있던 배불뚝이 아저씨의 우발적인 선물이었다. 버스 안 승객들을 향해 창문 밖에서 먹거리를 팔던 장사꾼에게 큰 지폐를 내미는 삼례의 행동이 위험천만하게 보인 그는, 삼례의 손을 잽싸게 가로막더니 자신의 주머니에서 작은 지폐를 꺼내 대신 메추리알 값을 내주었다. 뒷자리에 앉아 있던 미얀마 스님도 삼례의 행동이 불안하게 느껴지긴 매한가지였다. 버스가 출발하기 직전에 화장실로 향하는 삼례가 버스를 놓칠 것을 우려해 스님은 삼례를 다급히 따라와 줄을 서있던 사람들에게 양해를 구해 새치기를 할 수 있도록 도와주었다. 버스가 중간 경유지에 도착해 두어 시간을 쉬어갈 때도 두 사람은 마치 호위병이라도 된 듯 삼례를 보호해 주었다. 숨이 막힐 듯 한 버스안의 열기를 참지 못해 삼례가 정거장 근처 노점에 깔려있는 판자 위에 올라가 선잠을 잘 때, 그들은 어느 새 따라내려 그녀가 다시 버스에 올라탈 때까지 근처에서 대화를 나누며 서 있었다. 그리고 버스가 목적지에 도착했을 때는 비몽사몽인 삼례를 깨워 짐칸의 짐들을 빠짐없이 챙겨 내려주었다.

홀로 길 떠난 겁 많은 이방인을 밤새 보살펴 준 두 사람의 세심하고 따뜻한 기운이 삼례가 시장기를 해결하고자 메추리알을 까먹는 동안에도 그 주위를 에워싸고 있는 듯 했다. 사람이 싫어 도망쳤다지만 자신의 마음이 이미 사람들을 향해 다시 열려 있음을 삼

례는 그때도 눈치 채지 못했다. 다만 자신의 코고는 소리에 오르락 내리락 장단을 맞추던 배불뚝이 아저씨의 불룩하고 다소 귀엽기도 했던 배가 떠올라서 삼례는 소리 없이 낄낄대며 그저 메추리알 껍데기를 벗기고 있었다.

개밥그릇도 황송하다

밤새 심야버스를 타고 오느라 파김치가 된 삼례에게 씨클로처럼 생긴 자전차가 다가왔다. 자전차를 끄는 아저씨는 삼례가 어디를 가려는지 이미 훤히 아는 듯, 그녀의 짐들을 잽싸게 낚아채 싣고는 냅다 달렸다. 비몽사몽에도 삼례는 숲의 기운과 아저씨의 페달 밟는 소리가 경쾌하고 신선하게 느껴졌다. 자전차는 파옥선원을 향해 길게 뻗은 숲길을 달려 5층짜리 건물 앞에 멈춰 섰다. 외국인 수행자들이 기거하는 꾸띠였다. 이곳에서는 수행자들이 머무는 숙소를 '꾸띠'라고 하고 출가한 여성수행자를 일러 '세알리'라고 한다.

파옥선원에 도착해 방을 배정받고 삼례는 한 중국계 미얀마 세알리의 안내로 사무실과 명상 홀, 공양간(절의 부엌) 등의 위치를 확

인했다. 자수가 수놓아진 조그마한 손수건으로 이마의 땀을 훔치며 사원의 구석구석을 안내하던 그녀가 공양간을 지나치다가 삼례에게 물었다.

"밥그릇은 준비해 오셨나요?"

"네? 수저만 준비해 왔는데요."

금시초문에 당황해하는 삼례에게 그녀는 이내 괜찮다며 공양간 안으로 사라졌다. 잠시 후 다시 돌아온 그녀가 삼례에게 플라스틱쟁반과 접시, 커다란 스테인리스 밥그릇과 컵 하나를 건네주었다. 낡을 대로 낡은 플라스틱쟁반도 그러하지만 녹이 쓸어 칠이 벗겨진 밥그릇이 꼭 개밥그릇 같다. 그 그릇에 밥을 담아먹을 생각을 하니 난감하기만한데 그러한 삼례의 속을 아는지 모르는지 그녀는 태연하게 설명을 이어갔다.

"이곳의 수행자들은 이전 수행자들이 남기고 간 물건들을 빌려 쓰곤 합니다. 다른 필요한 물건이 있으면 사무실에 얘기하시면 돼요. 그리고 여기에서는 수행자들이 돈을 사용할 필요가 없어요. 그러니 사무실에 돈을 맡겨두었다가 꼭 필요한 일이 있을 때만 부탁해서 조금씩 찾아 쓰면 됩니다."

그녀의 말처럼 사원 안에서는 보시나 기부금을 내는 일 외에 수행자가 돈을 사용할 일이 거의 없다. 매끼 푸짐한 밥과 과일, 차 등이 제공될 뿐만 아니라 세제나 비누와 같은 생필품도 얻어 쓸 수 있고 필요한 책자는 사원 내 도서관에서 대여할 수 있기 때문이다.

수행자들이 돈에 연연하지 않고 수행에만 전념할 수 있는 시스템을 갖추고 있는 것이다.

이곳에서는 수행자들이 공양시간에 밥과 생필품을 나눠받는 것을 '탁발'이라고 하는데, 탁발을 한 후 수행자들은 각자의 꾸띠로 돌아가 식사한 다음 설거지한 그릇을 공양간 근처에 있는 선반에 보관하곤 한다. 삼례는 개밥그릇 같은 밥그릇도 못마땅했지만 그 밥그릇을 들고 공양간과 멀리 떨어진 꾸띠까지 가서 밥을 먹는 것이 여간 불편하고 번거롭게 느껴지는 게 아니었다. 게다가 덜렁대고 건망증이 심하다보니 탁발 때면 종종 자신의 밥그릇을 올려둔 위치를 잊어버려 한참을 헤매 다니곤 했다. 대책이 필요했다.

삼례가 꾸띠까지 가지 않고 공양간 근처에서 식사할만한 곳을 본격적으로 찾아 나서게 된 데에는, 룸메이트인 말레이시아 출신의 세알리 덕이 가장 컸다. 지나치게 엄숙하고 청빈한 생활태도를 지닌 그녀는 화장실 변기의 물을 내리는 것도, 저녁에 전등불을 켜는 것도 싫어했다. 머리에 끼는 랜턴을 이용해 책을 읽고 바가지로 물을 끼얹어가며 변기를 사용하는 등 그녀의 행동을 따르는 것은 사원의 전기와 물을 아낀다는 차원에서는 존중할만했지만 방바닥에 밥그릇을 놓고 삼례와 등을 돌린 채 밥을 먹는 그녀를 이해하는 데는 한계가 느껴졌다. 게다가 무슨 일인지 그녀는 밥을 먹다가 한 번씩 울곤 했다. 그런 룸메이트와 한 방에서 밥을 먹는 게 점차 고

역으로 느껴진 삼례는 급기야 체하기까지 했다.

상황이 그쯤 되고 보니 삼례는 인간의 기본권리 중 하나로 여겨 온 '즐겁게 먹을' 권리를 되찾고만 싶어졌다. 간단한 삼단논법으로 도 그 타당성과 정당성은 충분히 증명되었다. 첫째, 인간은 누구나 편하고 즐겁게 밥을 먹을 권리가 있다. '먹을 땐 개도 안 건드린다' 는 옛말은 그러한 권리에 대한 명백한 증거인 것이다. 둘째, 수행자 는 인간이다. 셋째, 고로 수행자도 편하고 즐겁게 밥을 먹을 권리 가 있다. 하지만 초보영어 실력으로 청교도시대에서 살다온 듯한 그녀를 붙잡고 설명하느니 다른 묘안을 내는 게 속편할 듯했다. 그 래서 삼례는 명상 홀이나 공양간 근처에서 밥을 먹을 만한 장소를 물색하게 되었다. 그러나 아무리 주변을 둘러봐도 벤치는커녕 엉 덩이를 걸칠 등걸조차 보이지 않았다. 한번은 위 절로 올라가는 길 한쪽에 제법 그늘이 드리워진 곳을 발견하고 들어섰다가, 그곳 터 줏대감인 개떼의 공격에 기절초풍해 줄행랑을 치기도 했다. 장소 물색에 실패한 삼례는 탁발을 하기 위해 줄을 서 있다가 앞에 있던 한국인 요기니(yogini, 출가하지 않은 여성수행자)에게 고충을 털어놓았다.

"공양간 근처에서 밥을 먹을 만한 곳이 한군데 있긴 한데 명상 홀 아래층에 보면 식당 같은 곳이 있거든. 그곳에서 밥을 먹으면 될 거야."

파옥선원에 온지 수 년 째 된 고참의 말이라 삼례는 탁발한 밥 을 들고 곧장 그곳으로 향했다. 몇몇의 미얀마 수행자들이 당황해

하거나 의아해하는 기색을 보이긴 했지만 삼례는 그곳을 한국의 절처럼 공양간 옆에 딸린 식당이나 지대방 정도로 여기고 출입문 옆 탁자에 자리를 잡고 앉아 밥을 먹었다. 그 후로도 삼례는 그 자리가 자신의 지정석이라도 되는 양 천연덕스레 앉아 밥을 먹고 그 안에 설치된 개수대에서 설거지까지 하곤 했다. 그렇게 며칠이 지난 후 그 안의 구조를 찬찬히 살펴보니 명상 홀만큼 넓은 공간 안쪽에 수십 개의 침상들이 즐비하게 놓여 있고 다른 한쪽에는 공중 목욕장이 설치되어 있었다. 그제야 삼례는 그곳이 개인 꾸띠가 없는 미얀마 세알리들과 요기니들이 단체로 생활하는 합숙소임을 알게 됐다.

그야말로 무식해서 용감한 이방인 삼례에게 누구하나 불편함을 드러내는 이는 없었다. 오히려 개수대에서 설거지하는 순서를 양보해 주기도 하고, 자신이 쓰는 세제와 수세미를 빌려주거나 본인 몫으로 받은 간식거리를 챙겨주기도 했다. 이타심(利他心)이 습관처럼 몸에 밴 이들과 함께하는 공양시간 덕에 삼례에게는 며칠 만에 여러 미얀마 친구가 생겼다. 그중 첫 번째 친구는 삼례의 옆자리에 앉아 밥을 먹는 소녀-세알리 미요다.

"You are Baby-Sayalay!"

기초적인 영어단어도 모르는 미요가 삼례와의 의사소통을 위해 영어단어를 하나둘 섭렵해갈 무렵, 삼례가 말을 던져보았다. '베

이비-세알리'라는 말에 미요는 까르르 웃으며 고개를 끄덕여 보였
다. 이번에는 삼례가 "미요 is pretty!"라고 하니 고개를 갸우뚱한
다. 다시 한 번 "You, pretty!"라고 해보아도 도통 알아먹지를 못
해 삼례가 사원마당에 핀 꽃을 가리키니 "OK! Tomorrow"라고
한다. 그러면서 손짓 몸짓으로 내일 밥을 먹은 후에 가자고 한다.
아마도 삼례의 말을 산책하러 가자는 얘기로 이해한 모양이었다.
아니나 다를까, 다음날 점심공양 후 사원마당에는 미요를 비롯한
소녀-세알리들과 요기니들이 모여 있었다. 수행에 진전이 없을 때

사람들에 대한 불신과 회의로 도망치듯 떠난 여행이었지
만, 미요와의 엇박자난 소통으로 일어난 산책길에 삼례가
비로소 알게 된 것이 있다. 사람이 꽃보다 아름답다는 것.
사람들 속에서 상처도 받고 고통을 겪기도 하지만 한편 그
들로 인해 삶은 의미 있고 풍요로워진다는 것이다.

면 무척 심각한 표정을 짓곤 하는 미요의 친구 산티다도 오늘은 밝은 표정으로 양산과 조리를 챙겨오겠다며 허둥지둥 댄다. 사원에서 수행 중인 딸을 보러온 동네 처사와 그의 일행도 낯선 이방인의 산책을 돕기 위해 동행했다.

작열하는 햇살아래, 그보다 밝고 환한 미소로 그들이 삼례를 안내한 곳은 들판 가운데 서 있는 커다란 건물이었다. 대나무로 얼기설기 지어진 건물 안에서는 대나무를 가늘게 다듬어 한 올 한 올 엮어가며 불상을 조성하는 중이었다. 웬만한 신심(信心)과 정성이 아니고서는 불가능해 보이는 작업이었다. 허리까지밖에 완성되지 않은 불상에게도 지극정성으로 참배하는 이들이 줄을 이었다. 공양시간에 함께 밥을 먹는 할머니-세알리들도 언제 왔는지 삼례의 얼굴을 알아보고는 반갑게 웃는다. 수줍음 많은 세알리, 뻰야 할머니도 삼례에게 정다운 미소와 눈인사를 던진다.

사람들에 대한 불신과 회의로 도망치듯 떠난 여행이었지만, 그날 미요와의 엇박자난 소통으로 일어난 산책길에 삼례가 비로소 알게 된 것이 있다. 사람이 꽃보다 아름답다는 것. 사람들 속에서 상처도 받고 고통을 겪기도 하지만 한편 그들로 인해 삶은 의미 있고 풍요로워진다는 것이다. 그리고 또 하나, 가난하지만 마음 넉넉한 미얀마 수행자들과 함께한 공양시간마다 스멀스멀 일어나 삼례의 마음을 부끄러이 달궈놓던 깨달음……. 개밥그릇도 황송하다!

나란히 앉아
밥을 먹다가

미얀마 사람들에게 수행은 일상과 같다. 이들에게 출가는 자유로우면서도 남다른 의미를 지니는데, 인생에서 한번쯤 출가를 해봐야 철이 들고 참된 삶을 살아갈 수 있다고 생각한다. 그래서 이곳에서는 부모가 어린 자식을 사원에 보내 출가자의 삶을 경험하게 하거나 혹은 부모와 자녀가 함께 삭발하고 출가하는 것이 특별한 일이 아니다. 출가와 마찬가지로 환속(還俗, 출가자가 다시 일반인으로 돌아감) 또한 자유롭지만, 출가기간에는 엄격하게 계율을 지키며 살아가기에 출가자들에 대한 존경심이 대단하다. 반면 비구니를 인정하지 않으므로 출가한 여성수행자들을 스님이 아닌 '세알리'로 구분해 부른다. 그러나 이들의 수행력은 그 이상이라 할만하다. 무엇보다 외국인 수행자들을 배려하고 존중하는 모습에서 생활습관처럼 몸에 배인 하심(下心)과 이타심을 느낄 수 있다. 가령 탁발할 때의 순서만 봐도 그러한데 외국인 비구니들과 세알리들을 가장 앞줄에 서게 한 다음 미얀마 세알리들이 서고, 외국인 요기니들의 경우도 미얀마 요기니들보다 앞에 서게 한다. 명상 홀에서 명상을 할 때도 그와 같은 순서로 앉는 한편, 외국인 수행자들에게는 욕실과 화장실이 딸린 2인1실의 꾸띠를 제공하면서도 미얀마 수행자들은 주로 한 공간에서 밥을 먹고 합숙을 한다.

그런 그녀들만의 공간을 삼례가 불쑥 침범하게된 것은 공양간 근처에서 밥을 먹으려다 벌어진 해프닝이었지만 삼례에게는 큰 행운이 아닐 수 없었다. 그곳에서 미요를 비롯한 여러 미얀마 친구를 알게 되었기 때문이다. 처음에 삼례는 출입문 옆 탁자에 앉아 밥을 먹는 시간이 그저 편하고 좋았다. 사원마당이 훤히 보이는 그 자리에서는 햇살아래 널브러져 나른함을 즐기는 개들의 모습도, 수돗가에서 발을 씻거나 눅눅해진 좌선용 방석을 툴툴 털어 말리는 수행자들의 모습도 보였다. 사원마당으로 거세게 들이치는 빗줄기를 감상하며 아무런 생각 없이 덤덤히 밥알을 씹는 맛도 그 자리의 묘미라 삼례는 그곳이 딱 마음에 들었다. 그리고 자신의 옆자리에 앉아 조용히 밥을 먹는 미요는 더욱 그러했다.

엉덩이까지 오는 긴 머리를 삭발하고 막 출가한 열일곱 살의 미요는 사원에 온지 며칠 밖에 되지 않은 소녀-세알리였다. 그녀의 첫인사는 특별했다. 은밀하고 소중한 자신의 비밀바구니에서 라면

하나를 슬쩍 꺼내 삼례에게 건넨 것이 미요의 첫인사였다. 그녀의 비밀바구니에는 각종 라면에 과자에 달콤한 과일 맛이 나는 분말 차 등이 가득 쟁여져 있었다. 아마도 집 떠나올 때 엄마가 챙겨준 것이리라. 혼자 먹기가 미안했던지 미요는 라면을 먹을 때마다 송 아지처럼 커다랗고 맑은 눈망울을 껌뻑이며 삼례에게 라면봉지를 들이밀곤 했다. 그에 대한 보답으로 삼례는 미요가 유독 빨리 먹어 치우는 반찬이나 과일, 혹은 오후불식의 허기를 달래기 위해 공항 면세점에서 샀던 말린 파인애플 몇 조각을 건네주곤 했다. 미요와 삼례는 그렇게 소소한 먹거리를 나누며 정을 쌓아갔다.

영어를 전혀 모르는 미요와 말은 통하지 않았지만, 삼례가 그녀 와 친구가 되고 소통하는 데에는 아무런 문제가 없었다. 가령 미요 가 아침부터 바구니에서 슬그머니 라면을 꺼낼 때 그녀의 팔을 톡 톡 치며 걱정 어린 눈빛을 보내면 그녀는 '아침부터 라면을 먹으면 건강에 안 좋아'라는 삼례의 잔소리를 금세 이해했다. 비가 내리 는 마당을 손가락으로 가리키며 행복한 미소를 지어보인 후 그녀 를 향해 턱을 한번 삐죽 내밀면, 미요는 또 "나는 비를 좋아하는데 너는 어떠니?"라는 삼례의 질문을 대번에 알아듣고는 고개를 끄덕 였다. 삼례 역시 미요의 눈짓과 몸짓에 담긴 언어를 쉽게 이해했다. 간혹 삼례가 새벽에 일어나지 못해 아침공양을 거를 때나 사원을 떠날 날이 얼마 남지 않았을 때, 미요의 표정만으로도 노심초사하는 그녀의 마음을 충분히 알아챘다.

　말이 통하지 않아 눈빛만으로도 마음이 통해버린 친구 미요. 그
런 그녀와 나란히 앉아 사원마당을 바라보며 함께 밥을 먹고 있으
면 내 마음 좀 알아달라고 서로 아무리 말을 나누고 큰소리를 내도
오해만 쌓이고 상처만 주고받던 기억들이 삼례의 머릿속에 주마등
처럼 스쳐갔다. 말이 이해의 수단으로 그다지 중요하지 않다는 것
을 진작 알았다면 말 때문에 상처받고 말로 상체기를 낼 일도 없었
을 것을……. 어찌 보면 진심은 침묵 속에서 더욱 명확한 전달력을
갖는지도 모른다. 그래서 삼례는 미요와 같은 곳을 바라보며 눈짓
몸짓으로 마음을 나누면서 고요하고도 외롭지 않게 밥을 먹는 시
간을 무척 좋아하게 됐다. 그러던 어느 날, 미요가 다소 상기된 얼
굴로 이렇게 더듬거렸다.

　"I Know I Know. School, Home, Temple……."

　하루하루 점차 많은 영어단어를 습득해가던 그녀가 얼마 후 탁
발시간에는 꾀꼬리 같은 소리로 삼례에게 이렇게 말했다.

　"안-녕-하-세-요~?"

　서툰 한국어로 아침인사를 하는 미요에게 삼례도 서툰 미얀마
어로 화답했다.

　"밍글라바(안녕하세요), 미요."

육신의 흔적으로 무상함을 알리는 특별한 성자

파옥선원에 가면 삼례가 꼭 가보고 싶은 곳이 있었다. 그런데 조금은 겁이 났다. 그곳에는 아주 특별한 모습을 한 수행자가 있기 때문이다. 아래 절에서 윗 절로 올라가는 길목에 그는 과연 소문과 같은 모습으로 서 있었다. 예전에는 물론 그 같은 모습이 아니었겠지만 이제 그는 백골의 형상으로 남아 있었다. 한평생 성실한 수행자로 살다간 그는 죽어서는 자신의 육신을 사원 대중들에게 보시했다. 살아생전 본인의 유언대로 햇볕이 쏟아지는 날에도 비가 퍼붓는 날에도 그렇게 서서, 그는 길목을 오가는 이들에게 무상(無相)과 무아(無我)를 일러주고 있었다.

육신을 바쳐 전하고자 한 그의 메시지와 침묵의 가르침은 강렬해서 삼례는 매일 그곳을 찾아갔다. 점심공양을 마치고 오후 좌선이 시작되기 전 '백골의 성자'를 만나러 가는 일은 삼례가 명상시간보다 중히 여기는 나름의 수행일과가 되었다. 하루가 가고 이틀이 지나 두려움이 무뎌지자, 삼례는 백골이 안치된 유리관 앞을 호위라도 하듯 앉아있는 사원 개들에게 눈빛으로 양해를 구한 다음 그 앞으로 가까이 다가갔다. 좀 더 자세히 들여다보면 혹여 무아의 깨달음이 몸으로 체득될까싶어 삼례는 유리관에 몸을 바짝 붙이고는 해골의 구석구석을 살펴봤다. 뼈 마디마디는 가는 철사로 연결되어 있고, 그렇게 이어진 해골은 두개골을 관통하는 철사에 의지해 매달려 있었다. 오랜 세월로 부식된 뼈 조각 일부는 모래알처럼 부서져 바닥에 떨어져 있었다. 그런데 아무리 이리저리 뜯어보고 살펴봐도 삼례는 무상함을 알 수 없었다. 도리어 육신의 흔적으로 육신의 무상함을 알리는 그 몸이, 그 정신이, 숭고하고 아름답게만 느껴졌다. 맨발로 터벅터벅 돌아오는 길에 삼례는 자신의 몸이 더욱 고귀하고 소중할 뿐이다.

미얀마의 하늘은 매일 서너 차례씩 강한 비를 뿌렸다. 우기(雨期)에 이곳에 온 것은 천만다행이라고 삼례는 생각하곤 했다. 미얀마의 날씨는 우기와 건기로 나뉘는데, 건기 때 이곳에 와서 무더위와 싸우며 수행한 외국인 수행자들의 고생담은 이른바 '마구니'와 한바탕 전쟁을 치른 것처럼 회자되어지곤 했다. 그만큼 건기 중의 더위는 수행에 커다란 장애가 될 뿐 아니라 사람을 잡을 정도라고

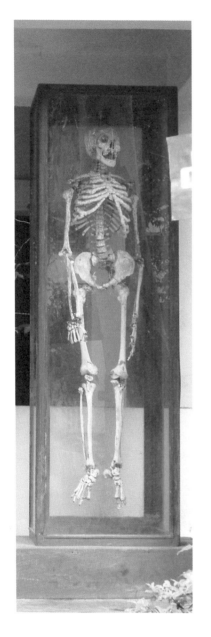

한다. 오죽하면 사원의 개들이 싸놓은 똥이 가루가 되어 증발될 정도라고 하니, 외국인 수행자들 사이에서는 이 같은 말이 오갔다.

"더위를 버티고 앉아있는 것만도 인욕수행이다!"

파옥선원에 온지 석 달째 접어든 한 비구니 스님은 지난 더위로 아직까지 홍역 같은 증상을 앓고 있다. 강원(講院, 사찰에 설치된 불교전문교육기관)에서 학생들을 가르치는 강사로 지낸 스님은 난생처음 일 년 동안 휴직년을 얻어 이곳에 오게 됐다고 한다. 그런데 지난 건기 때 땀을 너무 많이 흘린 탓에 온몸에 열꽃이 피어 좌선을 하기도 힘든 상황이 되었다. 장기간 체류하는 외국인 수행자라면 한

번쯤 겪고 넘어가야 할 풍토병 같은 것이어서 딱히 약도 없다고 하니, 급한 대로 스님은 물파스를 찍어 바르고 소금찜질도 해보는 중이었다.

"그런데도 너무 행복한 거 있지. 이렇게 공부할 수 있는 게 꿈만 같아. 여기 와서 정말 많은 것을 느꼈는데, 수행자로 사는 게 그렇게 감사하고 행복할 수가 없어. 요즘은 명상지도 선생님과 인터뷰할 때 직접 끓인 물을 가져가 공양을 올리곤 하는데, 평소 학생들에게 말로만 가르치던 보시의 기쁨이 무엇인지도 이제야 알 것 같아."

꾸띠를 방문한 삼례에게 스님은 환희심에 차올라 자신의 경험담을 줄줄이 쏟아 놓았다. 그런 스님이 삼례는 여간 부러운게 아니었다. 그녀가 말한 수행자로서의 행복도 백골의 성자에게 매일같이 전해 듣는 무상함도 제대로 이해하기 어려웠기에 부러움은 더욱 컸다. 아직은 순식간에 하늘을 뒤덮어 한바탕 신나게 쏟아지는 빗줄기가 삼례는 가슴 후련하도록 시원할 뿐이다.

비와 카멜레온,
그리고 모닝커피

평소 비를 좋아하는 삼례에게 더위를 식혀주는 이곳의 비는 여간 반가운 손님이 아닐 수 없다. 특히 명상시간에 쏟아져 내리는 빗줄기는 혼침(惛沈, 혼미하고 마음이 침울한 상태)으로 몽롱해진 삼례의 정신을 말짱하게 일깨워준다. 지붕이라도 뚫을 듯한 기세로 쏟아지는 빗소리가 아무리 매섭고 요란해도 마음만은 심연에서처럼 고요하고 적적해지는 까닭을 삼례는 비가 가져다주는 묘한 기운 덕으로 생각했다. 명상시간에 예고도 없이 찾아와 온갖 망상으로 날뛰는 삼례의 마음을 잠잠히 다독여주고 사라지는, 이른바 '명상 도우미'가 또 하나 있다. 다름 아닌 카멜레온이다. 그놈의 소리는 참으로 기묘하다. 딸꾹질 비슷하기도 하고 어린 아기를 놀릴 때 내는 소리로 한참을 울다가 나중에는 염소 우는 소리를 낸다.

"까꿍, 까꿍, 까꿍…… 음매~ 음매~"

생전처음 들어보는 소리에 삼례는 그 정체가 궁금해서 졸음에 빠질 틈이 없었다. 산책길에서 우연찮게 그 놈의 정체를 알게 된 후부터는 조그만 몸에서 그토록 우렁찬 소리를 내는 게 하도 신기해서 그 놈만 찾아오면 혼침에 들다가도 반짝 깨어나곤 했다. 자신의 색깔을 자유자재로 바꿀 줄 아는 태생만 보더라도 보통 영특한 놈이 아닐 테지만 꾸벅꾸벅 졸음에 빠져 있거나 이리저리 망상에 휘둘릴 때면 나타나 재미있는 신호를 보내오는 카멜레온이 삼례는 자신의 수행을 돕는 도반 같기도 하고 죽비로 내리치는 경책 같기도 했다.

비와 카멜레온만큼 삼례에게 위안이 되는 것은 외국인 전용 꾸띠 맨 위층에 사는 월명화 보살이 끓여주는 커피 맛이다. 오늘도 삼례는 염치불구하고 모닝커피 한잔을 얻어 마실 요량으로 그녀의 방을 찾았다. 얼마 전 룸메이트가 떠난 후로 월명화 보살은 2인1실의 방을 혼자 사용하고 있었다. 제법 다양한 차가 구비되어 있는데다, 정 많고 오지랖이 넓은 덕에 그녀의 방은 여러 수행자들의 비공식 다실로 이용되곤 했다. 물심양면으로 사람들을 챙기고 보살피는 마음씀씀이가 남들에게는 도움이 될지라도 자신의 수행에는 이롭지 못하고 성가실 법도 한데, 월명화 보살의 방은 언제든 허물없이 열려있다.

공짜라서 그럴까, 아니면 그녀의 넉넉한 성품 때문일까. 월명화 보살이 끓여주는 커피는 유난히 따뜻하고 맛있다. 삼례는 어쩌면 옛날에 엄마가 하숙집을 할 때 사용했던 전기포트가 생각나서인지도 모르겠다고 생각했다. 알루미늄 주전자에 검정색 전선줄이 연결된 미얀마산 전기포트는 삼례에게 어린 시절의 향수를 자극했다. 기분이 동할 때면 엄마는 꼭 그와 같이 생긴 전기포트에 물을 달궈 은행원인 하숙생 아저씨들에게 커피를 끓여주곤 했다. 그 시절엔 최신식 주방용품이었지만 당시 6살인 삼례의 생각에는 뭐 이렇게 느려터진 물건이 다 있나 싶을 정도로 물이 천천히 끓었더랬다. 그런데 그때보다도 더 느려터진 것 같은 미얀마산 전기포트가 이곳에서는 마냥 고맙고 정겹게 느껴지는 것은 왜일까. 그러고 보니 삼례는 수행의 행복이나 보시의 기쁨이나 무상함 같은 것은 사무치게 알지 못해도 믹스커피 한 봉이 절절하게 고맙고 행복한 마음이 들었다. 더구나 꾸띠 베란다로 펼쳐진 숲을 내려다보며 우기의 신선한 아침기운과 함께 마시는 모닝커피의 맛은 호사로 느껴질 만큼 감동적이다. 작은 것이 새삼 큰 고마움이 되고 새삼 큰 감동이 되는 것은 살림살이도 마음도 그만큼 단출해진 까닭에서일 테다. 가진 것이 적어 커진 행복……. 참으로 오묘한 행복의 발견이다.

절대,
하나도 맛있지 않다!

　　점심공양 시간, 오늘도 삼례의 플라스틱쟁반에는 공양간 담당 세알리들이 직접 만든 요구르트와 코코넛찰떡이 여러 개 쌓여있다. 원래는 한 사람당 요구르트 한 개와 코코넛찰떡 두 개가 지급되는데, 그 앞에서만큼은 자제하지 못하는 삼례의 식탐과 입맛을 일치감치 눈치 챈 할머니-세알리들이 자신들의 몫을 포기하고 올려둔 것이다. 그것들을 볼 때마다 삼례는 애초에 미얀마 세알리인 루씨 할머니가 슬그머니 다가와 "그게 맛있니?"라고 물었을 때 엄지손가락을 치켜 보이지 말았어야했다고 후회하곤 한다. 멀리 꼬레아라는 나라에서 온 이방인이 자기나라의 음식을 무척이나 맛있어하며 아껴먹는 모습이 기특했던지, 그렇게 묻고 돌아간 루씨는 자기 몫으로 받은 코코넛찰떡을 삼례에게 가져다주었다. 그런

데 그 후로는 다른 할머
니-세알리들까지 가세
해 삼례에게 "그게 맛있
니?"라고 묻곤 했다. 그
리고 자신들 몫의 요긴
한 간식거리를 막무가
내로 안겨주거나 삼례
가 없는 사이 그녀의 자
리에 놓아두곤 했다.

이런 염치없는 사태
를 수습하고자 삼례의
답에도 요령이 생겼다.
이젠 "절대, 하나도 맛
있지 않다!"라고 강하
게 부인하며 고개를 절레절레 저어보지만 이미 때는 늦은 상황이
었다. 미얀마에서도 강한 부정은 긍정으로 통하는지 삼례의 연기
가 어설픈 것인지 도통 먹히질 않았다. 도리질이 강할수록 오히려
미얀마 세알리들이 삼례의 쟁반에 두고 가는 간식거리는 늘어났
다. 코코넛찰떡과 요구르트도 모자라 이젠 과일에 행주, 세제, 이쑤
시개까지 올려두곤 한다.

자비로운 수행자들의 애틋한 모정 같은 마음이 담겨져서일까.

코코넛찰떡과 요구르트는 삼례가 매일 아무리 많이 먹어도 쉽사리 질리지 않는다. 이 음식이 없었더라면 삼례는 아마도 한국을 떠나 올 때 고추장이라도 챙겨가라던 엄마의 잔소리를 무시한 걸 더욱 두고두고 후회했을 것이다. 기름기 많은 미얀마 음식과 오후불식, 그리고 된장찌개와 김치찌개에 대한 향수로 나날이 지쳐가는 몸에 마치 원기를 불어넣는 보약과도 같다. 미얀마 세알리들이 하루를 꼬박 공들여 만든 요구르트도 일품이지만 잘게 채 썬 코코넛으로 소를 만들어 쫀득하게 빚은 코코넛찰떡은 세상 어디에서도 맛보기 힘들 것이다. 코코넛의 달콤함과 찰떡의 쫄깃함이 감칠맛 나게 어 우러진 그 맛이 꼭 이곳 수행자들의 마음과 같다.

오후 명상을 마치고 쉬는 시간에 삼례는 책을 읽을 요량으로 명상 홀 옆 베란다로 자리를 옮겼다. 그곳에서 수행자들은 벽에 기대어 앉아 경을 읽기도 하고 기다란 통로를 따라 걸으며 걷기명상을 하기도 한다. 좌복이 쌓여있는 한쪽 구석에는 이곳 최고 고령의 세알리가 지친 몸을 뉘이고 새우잠을 자고 있다. 새근새근 잠든 그녀의 모습이 아이처럼 천진스럽고 평온해 보인다. 다른 한쪽에서는 중년의 한 세알리가 베란다에 기대어 작은 쪽박처럼 생긴 열매를 밟고 서 있다. 반쪽으로 가른 속빈 열매를 양쪽에 하나씩 엎어놓고 그 위에 올라서서 지압을 하고 있다. 성인의 무게를 너끈하게 버텨내는 것을 보면 조그마해도 제법 야무지고 단단한 열매가 아닐 수 없다. 그런데 자세히 들여다보니 다름 아닌 코코넛이 아닌가. 속 알맹이는 수행자들을 위한 요긴한 간식거리로, 겉껍질은 수행자들의 피로를 달래주는 발마사지 도구로 제 쓰임을 다하고자 장렬하게 전사한 코코넛! 미얀마 세알리의 발바닥에 열심히 밟혀가며 이렇게 말을 하는 것도 같다.

"아무래도 좋으니 이래저래 긴히 쓰여만 다오!"

미요의 분말주스에 대한 자본주의적 발상

삼례는 자신의 묘안과 계산법이 합리적이면서도 서로에게 이익이 되므로 누이 좋고 매부 좋은 전략이라고 생각했다. 미요가 지인에게 선물 받은 분말주스 한 박스는 명상 홀 근처 구멍가게나 사원 앞 네거리에 나가면 적어도 라면 수십 개와 맞바꿀 수 있는 가치가 있었다. 분말주스는 미요가 소유한 라면의 개수가 현저히 줄어들어 이제 겨우 몇 개 남아있지 않았을 무렵에 들어온 선물이라 더욱이 가치 있고 유용했다. 미요는 분말주스를 좋아하지 않는 눈치였고 라면이라면 환장을 했기에, 두 제품을 맞바꾸는 것은 적절하고도 기발한 발상이 아닐 수 없었다.

소녀-수행자 미요는 점심때는 물론이고 이른 아침공양시간에도 집 떠나올 때 챙겨온 라면을 슬그머니 꺼내 밥그릇에 넣고 뜨거

운 물을 부어먹을 만큼 라면마
니아였다. 오죽하면 삼례가 한
번 씩 말릴 정도였다. 그런 미요
에게 자신이 싫어하는 분말주
스를 그토록 좋아하는 라면과
바꿔준다면 얼마나 좋아할까.
몇 개 남아있지도 않은 라면의
개수를 틈틈이 헤아리고 있거
나 봉지커피 두 배의 값에 해당
되는 분말주스를 함께 합숙하
는 수행자들에게 헤프게 돌리

는 미요를 보면서 삼례는 자신의 생각과 계획에 확신을 더해갔다.
게다가 계산을 해보니 가게 측에서도 손해 볼 게 없는 장사였다.
분말주스 한 봉이 라면 1.5개의 값과 비등하므로 만일 분말주스와
라면를 1:1로 바꾸는 조건이라면 가게에서도 마다할 이유는 없었
다. 그 예상은 적중했다. 우선 삼례는 미요에게 선물 받은 분말주스
두 봉을 명상 홀 근처 구멍가게에 가져가 라면 두 개와 바꿔줄 수
있는지 물었다. 구멍가게 쥔장은 흔쾌히 수락했다. 다음 날 삼례는
사원 앞 네거리의 한 가게를 찾아갔다. 그곳 쥔장도 삼례의 제안에
망설임 없이 라면 두 개를 내주었다. 그렇게 획득한 라면들을 미요
하게 건네주니 가뜩이나 커다란 미요의 눈이 더욱 휘둥그레졌다.

　"이참에 네게 남아있는 분말주스를 모두 라면으로 바꾸면 어떨까? 대신 가게에서도 이득을 남겨야하니까, 우리가 조금 손해를 보더라도 1:1로 바꾸는 거야. 아니면 수수료로 분말주스 몇 봉을 더얹어주는 거지."

　삼례에게 자초지종을 듣고 반가운 표정을 짓던 미요가 오후 정진이 끝난 후 그녀의 친구 니이와 함께 명상 홀 안에 있는 삼례의자리까지 찾아왔다. 두 사람의 표정은 살짝 상기되어 있었다. 서로의 의견은 다소 분분했다. 수수료에 대한 이해가 부족한 미요는 분말주스 가격에 맞춰 라면을 바꾸면 된다는 주장이었고, 니이는 그럴 게 아니라 아예 돈으로 바꾸면 어떻겠냐는 의견이었다. 일단 네거리 가게를 찾아가 협상하는 걸로 의견이 모아지면서 세 사람의 마음은 공연히 들뜨기까지 했다. 그러나 다음 날, 그 계획은 실행되지 않았다. 조금 시무룩해 보이긴 했지만 미요와 니이는 평정을 되찾은 듯 이전과 같이 조심성 있고 다소곳한 몸가짐을 갖춘 수행자로 돌아와 있었다.

"그거, 오늘 아침에 다른 수행자들에게 모두 나눠줬어요. 이젠 고민할 필요 없어요."

미요의 말에 삼례는 불현듯 어제 명상 홀 입구 의자에 앉아 자신들의 모습을 바라보고 있던 규율반장 세알리, 씰라 할머니의 얼굴이 떠올랐다. 그녀가 자신에게 종종 '베이비(Baby)'라고 놀리곤 했던 이유까지도. 마침 수돗가 근처에서 미요가 보시한 달콤한 분말주스를 물에 타서 시원하게 들이키고 있는 루씨 할머니와 산티다의 모습이 보였다.

2장

여행 속 여행 속의
여행들

—미얀마 2편

Myanmar

거기에 가실 거면
제발 계율좀 지키세요

　미얀마 양곤에서 여행가이드 겸 통역사로 일하는 박사장에게 삼례가 파옥선원에 갈 거라고 했을 때, 그는 못마땅한 표정을 지으며 대뜸 이런 말을 했었다.

　"거기에 가실 거면 제발 계율좀 지키세요. 오후불식(吾後不食)이라도."

　불교나 수행에 관심도 없어 보이는 사람이 계율이니 오후불식이니 하는 단어를 사용하며 초면인 사람에게 그런 말을 하는 것이 삼례는 불쾌하기도 하고 의아스럽기도 했지만, 미얀마가 '수행의 천국'으로 불릴 만큼 불교국가인데다가 수행자들에 대한 미얀마 국민들의 존경심이 대단한 것을 감안한다면, 그리고 박사장이 미얀마에 온지 이십 년이나 됐고 부인이 미얀마인이라고 했던 기억을 되살려보면 어느 정도 짐작되는 바가 있었다. 사실 그는 한국인이라기보다는 미얀마에 대한 애정이 각별한 미얀마 사람처럼 느껴졌다. 그런 그가 해마다 미얀마를 방문하는 한국인 수행자들을 겪으면서 느낀 실망감은 대단히 컸던 것이다.

"계율을 지키지 않기로 소문이 났죠. '돈 많은 수행자'로 통하기도 하고요."

박사장의 훈계로 각오를 단단히 해둔 덕인지, 파옥선원에 도착한 이래 오후불식을 지키는 것이 삼례는 의외로 어렵지 않게 느껴졌다. 오후라도 오전에 남겨둔 요구르트나 차 정도는 먹을 수 있고, 하루 종일 좌선을 하는데다 육체노동이라고 해봐야 청소와 설거지 정도밖에 없으니 하루 두 끼만으로도 충분한 듯했다. 잠자리에 들 때 다소 공복감이 느껴지긴 해도 위에 부담 없는 상태로 잠들게 되니 다음 날 속도 가볍고 정신도 그만큼 맑아지는 느낌이었다. 그런데 열흘이 지나면서부터 차츰 사정이 달라졌다. 위기가 찾아온 것이다. 공양시간에 아무리 배불리 음식을 먹어도 배속 어딘가에 구멍이라도 뚫린 듯한 허기는 좀처럼 달래지지 않았다. 한동안 모국의 음식을 먹지 못한 채 오후불식을 한 탓인 듯했다.

삼례가 이곳에 온지도 보름째. 어제부터는 삶은 달걀이 눈에 아른거렸다. 달걀은 명상홀에서 50미터정도 떨어진 구멍가게에서도 구할 수 있으니, 며칠 전 바람에 비한다면 그나마 많이 소박해지고 현실적인 대안인 셈이다. 이 먼 곳 미얀마에서, 그것도 우리나라의

남도 촌부락쯤에 해당될법한 파옥에까지 와서 김치찌개나 된장국을 바란다는 건 언감생심 꿈도 못 꿀 일이지만, 삼례는 내심 혹여 장기체류 중인 한국인 수행자에게 고추장이나 된장 한 숟가락 정도는 얻을 수 있을지 모른다는 기대를 했다. 그러나 그 또한 꿈같은 얘기였다. 때마다 푸짐한 공양과 생필품까지 제공되는데다 세계 각국의 수행자가 모여 있고 계율도 엄격한 이곳에서 고추장이나 된장을 갖고 있는 수행자가 과연 얼마나 될 것인가. 게다가 최근에는 장기체류하는 수행자에게 그 한 숟가락의 인심을 기대한다는 게 얼마나 야무진 욕심이었나를 깨닫게 된 계기도 있었다.

공양간 근처 개인용 꾸띠에 기거하는 한 스님은 삼례가 사원 앞 네거리에 나갈 때면 종종 심부름을 시키곤 했는데, 주로 야채나 과일, 달걀 등을 사와 달라는 부탁이었다. 며칠 전에도 삼례는 그와 같은 부탁을 받고 야채가 든 봉지꾸러미를 그녀의 꾸띠 앞에 놓아둔 적이 있었다. 그런데 다음날 명상홀 앞에서 만난 스님이 삼례에게 이같은 말로 고맙다는 인사를 해왔다.

"덕분에 도반스님 꾸띠에서 된장찌개를 너무 맛있게 끓여먹은 거 있지. 이제야 살 것 같아. 다음에도 부탁좀 할게."

스님의 인사말에 삼례는 가뜩이나 허한 속이 더욱 허해지는 듯했다. 그녀의 도반스님은 미얀마 음식이 입에 맞지 않아 공양시간 때면 공양간에서 바나나만 탁발을 받아가곤 했는데, 건강이 염려스러울 정도로 깡마른 그녀가 처음엔 단식까지 하는 줄 알고 안쓰

러워 비상시에 먹으려고 아껴두었던 현미가루를 내드린 적도 있었다. 그런 기억까지 떠올리니 이래저래 쓸쓸한 마음이 밀려왔다.

 고추장 한 숟가락의 꿈도 일찌감치 접은 후 삼례가 다음 대안으로 떠올린 것은 매화 보살이 담근 장아찌였다. 외국인 수행자들을 위해 마련된 공용 꾸띠는 2인1실을 원칙으로 방마다 화장실 겸 욕실이 딸려있는데, 매화 보살은 룸메이트가 떠난 후 혼자 살고 있었다. 그간의 룸메이트들이 남기고 간 세간들로 그녀의 방에는 웬만한 살림살이는 아쉬울 것 없이 갖춰져 있었고, 화장실 한편에는 그녀가 직접 담근 온갖 종류의 장아찌가 유리병에 차곡차곡 쟁여져 있었다. 일 년치는 족히 먹고도 남을 넉넉한 양이었다. 그러나 그 장아찌 한쪽을 구걸하기가 삼례는 선뜻 마음이 나지 않았다. 그녀의 꾸띠에서 화장실을 잠깐 빌려 쓰던 중에 발견한 장아찌 병들을 바라보면서 든 생각은 지극히 비판적이고 회의적이었기 때문이다. 수행을 위해 이 먼 곳까지 와서는 계율을 어기면서까지 불편한 것들을 채우고 살아가는 그녀의 모습이 한심하고 실망스러웠다. 나중에 외국인 룸메이트와 방을 함께 사용하게 된다면 국제적인 망신이 아닐 수 없다는 염려도 들었다. 그러니 이리저리 머리를 굴려봐도 배속의 허기를 조용하고 은밀하게 채울 길을 '삶은 달걀'밖에는 없었다.
 더 이상 망설일 것도 없이 삼례는 오후명상이 끝나고 한 시간

정도 주어지는 자유시간에 명상홀 근처 구멍가게를 찾아갔다. 순하게 생긴 미얀마 청년이 어린 동생의 숙제를 돕고 있다가 손님을 맞았다. 삼례는 그에게 달걀 두 개 값에 약간의 웃돈을 얹어주고는 파라솔의자에 앉아 달걀이 삶아지기를 기다렸다. 그 사이 행선을 나온 수행자들이 가게 앞을 지나가기도 했고, 가게에 들러 필요한 물건을 구입하기도 했다. 중국계 미얀마인인 한 세알리는 치약을 구입해갔고, 대만에서 온 세알리는 믹스커피를 몇 봉 사갔다. 그런데 그녀들이 미얀마 청년에게 내민 것은 돈 대신 돈이 든 작은 봉투였다. 봉투를 건네받은 청년은 물건 값에 해당되는 돈을 그 속에서 꺼내 거스름돈도 알아서 챙겨 넣은 후 다시 돌려주었다. 삼례에게는 생소하고도 의아한 풍경이었다. 그러나 그것은 수행자로서의 약속을 조용히 이행하는 숭고하고도 진지한 의례의 한 장면이었다. 그녀들은 '수행자는 돈을 만지지 않는다'는 계율을 따르는 중이었고, 청년은 그러한 수행자들의 이행을 당연한 듯이 도왔다.

　그녀들이 돌아가고 얼마 지나지 않아 드디어 삼례의 손에는 삶은 달걀이 쥐어졌다. 따끈한 기운이 감도는 삶은 달걀의 껍데기를 벗겨 허겁지겁 먹고 있던 찰나, 저 멀리로 매화 보살과 한 스님이 걸어오는 것이 보였다. 순간 삼례는 먹다 남은 달걀을 들고 가게 뒤편으로 잽싸게 몸을 숨겼다. 그런 와중에도 삶은 달걀을 게걸스럽게 해치운 자신을 의식한 건 그들이 가게 앞을 지나쳐 네거리 쪽으로 사라진 후였다. 운동신경이 둔한 자신에게 그토록 놀라운 순발력이 있었을 줄이야! 삼례는 우선 감탄했다. 그런데, 나는 왜 비굴하게 숨어야했나. 나는 왜 그들 앞에서 삶은 달걀을 먹지 못했나……. 여러 의문과 자각이 스멀스멀 올라오면서 얼굴이 화끈거렸다. 명상홀로 돌아오는 길, 삼례는 그새 잊고 있던 박사장의 당부를 떠올렸다.

"거기에 가실 거면 제발 계율좀 지키세요! 오후불식이라도."

호환, 마마보다 무서운
'밥정'

　무슨 인연인지 미얀마 세알리인 루씨는 삼례를 아이 돌보듯 했
다. 삼례가 밥그릇을 들고 미얀마 수행자들의 합숙소에 발을 들여
놓은 첫날부터 그러했다. 엄마가 아이에게 한시도 눈을 떼지 않는
것처럼, 그녀는 멀리서도 틈틈이 삼례의 행동을 주시하고 있다가
적시에 도움을 주었다. 첫 만남에서도 루씨는 개수대에서 설거지
를 하다가 삼례가 밥을 먹고 자리에서 일어나기가 무섭게 한쪽 팔
을 뻗어 올려 신호를 보냈다. 그러고는 자신의 옆 개수대를 손가락
으로 가르쳤다. 그쪽으로 얼른 와 설거지를 하라는 표시였다. 남다
른 기운의 눈빛과 절도 있는 손짓에 삼례는 자신도 모르는 사이 그
녀의 지시를 두 말없이 따랐다. 개수대에서 설거지 할 순서를 기다
리던 세알리들과 요기니들도 루씨의 뜻에 따라 흔쾌히 자리를 양

보해주곤 했다.

　60대 할머니인 루씨는 평균수명이 50살도 채 되지 않는 미얀마에서는 고령에 속했다. 삼례가 안으면 품에 쏙 들어올 만큼 작고 야윈 할머니였지만, 그녀의 눈빛은 호랑이처럼 날카롭고 성성하게 빛났다. 왜소한 체구에서 뿜어져 나오는 압도적인 기운과 기백 넘치는 눈빛은 삼례뿐 아니라 여러 수행자들을 순순하게 이끌었다. 그러면서도 그녀에게는 평생을 수행한 수행자다운 기품 같은 것이 깊게 배여 있었다. 무엇에도 흔들림이 없을 것 같은 강인함과 노련함, 스승에게서 느껴지는 자비로움과 평온함, 그리고 엄마의 품 같은 따뜻함과 편안함을 더불어 지니고 있었다.

　첫 만남에서부터 엄마와 같고 흑기사와도 같은 친구가 되어준 묘한 매력의 할머니-세알리, 루씨. 그녀를 떠올릴 때면 삼례의 머릿속에는 의문 부호가 달리곤 했다. 인연…… 무명으로 지워진 먼 과거에 그녀와 나는 어떤 인연이었을까? 혹여 그녀는 오랜 과거의 인연을 기억하고 있을까? 밤잠을 설치는 날이면 삼례는 종종 열악한 숙소에서 잠이 들었을 루씨를 그려보며 그녀와의 알 수 없는 인연의 고리를 추측해보곤 했다.

　오늘도 루씨는 점심공양시간에 삼례에게 작은 고추를 건네주었다. 무슨 까닭인지는 몰라도 공양시간 때면 그녀는 아주 귀한 선물이라도 되는 양 고추를 챙겨주곤 했다. 아마도 어디선가 한국 사람들은 매운맛을 좋아한다는 소리를 들은 것도 같았다. 그러나 삼례는 그 고추를 끼니때마다 받아들고는 난감해했다. 아무리 매운맛을 좋아한다지만 새끼손가락 한마디 길이밖에 되지 않는 미얀마산 고추는 미니어처럼 조그맣게 생겼는데도 한국산 청양고추보다 몇 배는 매워 도저히 먹을 엄두가 나지 않았다. 그렇다고 그녀가 정성껏 챙겨주는 공양물을 버릴 수는 없는지라 고심 끝에 삼례는 고추를 잘게 썰어 국과 반찬에 넣었다. 그것은 다행이도 좋은 묘안이었다. 기름기 많은 미얀마음식에 고추의 매콤함이 가미되어 입맛에 훨씬 잘 맞았다.

루씨는 그날 메뉴에 따라 소금이나 후추와 같은 양념도 챙겨주며 삼례의 밥그릇에 대고 훌훌 뿌리는 시늉을 했다. 그녀는 단맛과 매운 맛을 좋아하는 삼례의 입맛을 잘 꿰뚫고 있었다. 그러나 그런 과분한 보살핌에도 불구하고 삼례의 체력은 사원에 온 지 보름이 지나고부터 바닥나기 시작했다. 급기야는 고추장에 밥 한 번만 비벼먹어도 김치 몇 조각만 먹어도 살 것 같은 한계에 부딪쳤다. 아무리 입에 잘 맞는 미얀마 음식을 목구멍이 차오르게 먹어도 어딘지 모를 허기는 쉽게 해결되지 않았다. 그러던 어느 날, 배추를 고춧가루에 절여 새콤하게 익힌 반찬이 나왔다. 김치와 비슷한 맛이 나면서 입맛에 썩 잘 맞았다. 그것만 먹으면 기운이 회복되는 것 같아 삼례는 그 반찬에 유독 집착과 욕심을 부렸다. 탁발시간이면 행여 그 찬이 나오지 않을까 기웃거리기도 하고 조금이라도 더 얻

기 위해 그 코너 앞에서는 염치불구하고 시간을 지체했다. 그런데 나중에 안 사실이지만 그 반찬은 다름 아닌 김치였다. 공양간 담당 세알리가 예전에 이곳에 머물다간 한국인 스님에게 배운 기억을 되살려 김치를 담근 것이다.

김치만 보면 환장하는 삼례의 모습에 그 맛이 자못 궁금했던지, 하루는 미요도 김치를 탁발해왔다. 그리고 한 조각을 입에 넣고 몇 번 오물거리더니 대번에 오만상을 찌푸리며 뱉어냈다. 여느 미얀마 수행자들에게도 김치는 비인기 종목이었다. 그런데 이번에는 웬일로 미요가 김치를 푸짐하게 받아왔다. 루씨와 니이도 밥 위로 김치를 듬뿍 얹어왔다. 그러더니 삼례의 밥그릇에 김치를 옮겨 담았다. 매콤하면서도 시큼한 맛이 나는 요상한 반찬의 정체를 그들도 알아챈 것이다. 자신의 체력을 돌보기 위해 장 한 숟가락도 인색할 수밖에 없는 동향(同鄕)의 수행자들을 대신해 미얀마 수행자들이 챙겨다주는 김치의 힘으로 삼례의 기운은 곧 회복되었다.

숙성된 김치의 맛 만큼이나 폭삭 정든 그들과 이별하는 날, 걸핏하면 삼례에게 언제 집에 가는지를 묻곤 했던 미요는 그 순간을 감당하기 힘들어 어디론가 먼저 종적을 감춰버렸다. 삼례만 보면 베이비(baby)라고 놀리던 규율반장 세알리, 씰라 할머니는 전날 손수 튀긴 뻥튀기과자를 버스에서 먹으라며 삼례의 손에 들려주고는 촉촉해진 눈으로 황급히 사라졌다. 동년배 요기니인 니이는 평소 삼례가 눈독들인 자신의 치마를 곱게 개어 이별선물로 건네며 타고난 성품답게 활달하고 씩씩한 표정을 지어보였다. 그리고 깡이라면 둘째가라면 서러운 할머니 루씨는 삼례를 각층 명상 홀 부처님 전으로 이끌었다. 함께 무릎을 꿇고 삼배를 올리며 둘만의 조촐한 이별식을 치르고도 못내 아쉬웠던지 그녀는 꿈쩍도 않고 홀로 서서 사원을 떠나는 삼례의 뒷모습을 끝까지 지켜보았다……. 루씨는 역시 셌다!

'약'이 되고 '독'이 되기도 하는 음악의 맛

'나리 나리 개나리 입에 따다 물고요…… 금강산 찾아가자 일만 이천 봉 볼수록 아름답고 신기하구나….'

그 시절이 언제 적이었나 기억도 가물가물하다. 아마도 대여섯 살 때가 아니었나 싶다. 친구들과 고무줄놀이를 하며 이런 노래들을 불렀더랬다. 명상을 하다보면 온갖 기억과 망상이 일어나기 마련이지만 족히 오십 년도 훨씬 지난 시절의 일들이 엊그제 일처럼 생생하게 떠올라 성주 스님은 당황스럽기만 했다. 그때 고무줄놀이를 하며 불렀던 노래가사에서부터 이젠 이름도 기억나지 않는 단짝친구가 입었던 물방울 문양의 원피스까지, 그리고 갑자기 나타나 고무줄을 끊고 도망쳤던 사내아이의 짓궂던 표정까지도 명상 중에 불쑥불쑥 떠오른 것이다. 이 상태가 계속 되면 엄마 뱃속에 있던 기억까지 떠오를 판이라며 성주 스님은 깊은 한숨을 내쉬었다.

"세상에! 이토록 많은 기억과 생각이 내 머릿속에 들어있다는 게 놀라울 따름이야."

성주 스님의 말에 삼례 역시 전적으로 동의하는 바였다. 아니 어쩌면 사원의 모든 수행자가 공감하는 말일지도 모른다. 아무리 호흡에만 집중하고자 애써도 무의식에 저장된 기억의 파편들과 온갖 망상이 잠시도 가만히 내버려두질 않았다. 오죽하면 사람의 마음을 미쳐 날뛰는 코끼리에 비유한 말도 있을까. 그처럼 적절한 표현도 없다는 생각이 들만큼 명상할 때의 마음은 더욱이 그러했다.

명상 홀 안은 쥐죽은 듯 고요했으나 삼례의 마음속은 그야말로 전쟁터였다. 수많은 생각과 이미지가 종잡을 수 없이 일어났다가 사라지고 다시 일어났다가 사라지기를 반복했다. 때론 난생처음 보는 이미지가 불쑥 튀어 오르기도 하고 누군가의 목소리가 메아리쳐 들려오기도 했다. 그런 상태가 지속되어 극심한 스트레스를 느낄 때, 그 음악이 생각났다. 데이브 부르벡(Dave Brubeck)의 브랜든버그 게이트(Brandenburg Gate). 그 음악을 들으면 조금은 숨통이 트일 것도 같았다. 그런 생각은 풍선처럼 부풀어져 그 음악에 대한 갈증을 일으켰고, 급기야는 그것을 들어야만 살 것 같은 느낌에 이르렀다. 음악이 몹시도 고팠다. 그러고 보니 파옥선원에 온 이래로 음악을 들은 적이 없었다.

숙소로 돌아와 삼례는 여행가방 속에서 MP3를 찾았다. 그날

오후명상시간에 기어코 이어폰을 끼고 브랜든버그 게이트를 들었다. 피아노와 색소폰 연주가 씨실과 날씨처럼 조화를 이루며 아름다운 선율을 자아냈다. 잔뜩 굶주렸다가 먹는 밥 한 공기처럼, 그 음악선율의 맛은 평소 때보다도 따뜻하고 감미로웠다. 그 맛에 오감이 집중되고 음악에 허기진 마음이 조금씩 채워지면서 미친 코끼리와 같던 삼례의 마음이 조금은 차분해졌다.

휴식시간, 명상 홀 앞 마당 한쪽에 앉아있는 산티다의 모습이 보였다. 미요의 친구인 산티다는 20대 초반의 미얀마 세알리다. 비록 나이는 어리지만 삼례는 그녀가 얼마나 진지하고 성실한 수행자인지를 평소 그녀의 표정만으로도 알 수 있었다. 수행에 진전이 없거나 장애가 있을 때면, 그녀는 지금과 같이 무척 심각한 표정을 짓고 앉아 무언가를 골똘히 생각하거나 초초한 모습으로 마당 한쪽을 서성이곤 했다. 오늘따라 유독 그런 그녀의 모습에서 삼례는 동변상련이 느껴졌다. 산티다에게도 브랜든버그 게이트가 도움이 될지 몰라, 삼례는 그녀에게 이어폰을 건넸다. 산티다는 영문을 몰라 하며 이어폰을 끼어보라는 삼례의 손짓에 그것을 귀에 꽂았다. 그런데 피아노 연주가 막 시작되는 찰나 그녀는 얼른 이어폰을 빼버렸다. 나중에 안 사실이지만, 수행 중에 음악을 듣는 것은 금기사항이었던 것이다. 가뜩이나 수행의 장애로 힘들어하는 산티다에게 삼례는 물론 데이브 할아버지까지 하마터면 마구니가 될 뻔했다.

물을 수도
답할 수도 없는

파옥선원의 수행자들 중에는 망상으로 인해 곤욕을 치르는 사람이 있는가하면, '빛'을 잃어버려 방황하는 경우도 있었다. 그 빛을 일러 사람들은 '니밋따'라고 했다. 니미따는 호흡과 집중력 사이에서 발생하는 빛이다. 물론 개인적 차이는 있지만 어떠한 망상 없이 숨을 관찰할 수 있는 시간이 한 시간 이상 지속되면 니밋따가 생긴다고 한다. 그 상태에 이르면 명상 시 관찰대상이 호흡에서 빛으로 바뀌게 된다. 말하자면 니밋따는 수행의 성취를 나타내는 징표이자 선정의 단계를 점검하는 지표가 된다.

니밋따가 떠오르면 수행자들은 환희심과 수행의 보람을 느끼며 더욱 정진하는 힘을 얻는다. 그러나 그런 상태에 이르기란 말처럼 쉽지 않다. 평생을 수행해도 니밋따가 일어나지 않는 수행자들이 상당수이고 니밋따가 생겼다 해도 중간에 사라지는 경우도 있다. 진여심 보살만 해도 그러했다. 그녀는 니밋따가 한동안 생겼다가 사라진 후부터는 수행에 의욕을 잃고 방황하는 중이었다. 최근까지만 해도 환희심에 차올라 부지런히 정진하던 원혜 스님도 니밋따를 잃어버린 후로는 기운이 없고 의기소침해졌다. 그러나 파옥선원에서 수 년째 머물며 수행하는 영심 보살은 니밋따에 연연하지 않고도 누가 봐도 매일 9시간 이상의 명상시간을 마치 9분처럼 앉아 즐기는 듯했다.

"사실 난 명상이니 수행이니 하는 단어도 몰랐던 사람이야. 그런데 시골 작은 절에서 한 노스님을 알게 됐는데, 그분께서 돌아가실 즈음에 내게 이런 말을 한 적이 있었지. 어느 날 뜨거운 불덩이 같은 것이 미간으로 들어가더라도 놀라지 말라고. 그 후로 몇 년 동안 그저 앉아있고 싶다는 생각밖에는 안 들었어. 정말이지 그냥 앉아 있고만 싶더라고……."

그래서 난생처음으로 무작정 떠난 해외여행이었다. 그런데 이 먼 곳에서 그녀는 또 다른 스승을 만났다. 파옥선원의 선원장인 파옥 샤야도. 애초에 그녀에게 니밋따 같은 건 일어나지 않았지만 남다른 징후와 수행의 성취를 보이는 자신의 상태를 파옥 샤야도는 너무나 잘 알고 있었다. 일 년만 계획하고 떠난 여행이 이젠 스스로가 '파옥 촌사람'이라고 할 만큼 기나긴 여행이 된 것은 그런 스승의 곁에 머물며 수행하는 것이 얼마나 큰 행운이고 행복인지를 알게 되었기 때문이다.

"그런데 저 옷만큼은 입을 자신이 도저히 없더라고. 치마라서 앉을 때도 불편하고 덥기는 또 얼마나 덥겠어."

미얀마에서는 누구든 원하면 자신이 정한 기간만큼 출가를 할 수 있다. 수행자로서의 마음가짐을 굳건히 할 수 있고 탁발이나 명상을 할 때도 법문을 들을 때도 여러모로 편리와 이익이 따르는지라 이곳에 장기체류하는 외국인 수행자들은 대부분 출가를 한다. 그런데 수 년째 머리까지 삭발하고 정진하는 영심 보살이 단기출가를 마다한 이유가 세알리들이 입는 법복 때문이었다니 삼례는 의외면서도 한편 이해가 갔다. 그녀의 말처럼 통풍이 잘되는 얇고 편한 옷차림으로도 더위를 견디며 앉아 있기가 힘든데 원피스처럼 생긴 법복을 두 겹이나 두르고 앉아 명상을 한다는 것은 여간 힘든 일이 아닐 테니 말이다. 더구나 영심 보살처럼 더위에 약하고 땀을 많이 흘리는 체질은 법복을 입고 지내는 것만으로도 인욕수행이 될 것이다. 그러나 이곳 세알리들의 몸가짐과 마음가짐이 하나같이 조신하고 차분한 것은 그런 법복의 힘도 작용했을 일이다. 이들에게는 오래토록 익은 수행자로서의 기품 같은 것이 있다. 어린 나이 때부터 수행의 의미와 법을 익혀온 세알리들에게는 더구나 남다른 깊이의 향기가 있다. 그런 도반들과 스승의 지도아래 어디에도 구애받지 않고 자유롭게 명상하고 마음을 닦을 수 있는 이곳이

야말로 지상낙원이라는 영심 보살. 세알리들의 법복만큼은 언감생심 꿈도 못 꿀 일이지만 애초에 그랬듯 그녀는 자신만의 구도의 길을 갈 것이다.

"처음엔 내 상태를 이해하지 못했는데 초기경전을 공부하다가 과거에도 나와 같은 경우가 있었다는 걸 알게 됐지. 내가 파옥 샤야도께 인터뷰를 청하는 것은 내 상태가 어떤지 상세히 말씀드리지 않아도 그 분은 알기 때문이야. 한번은 내가 '하나가 됐습니다'라고 했더니 통역하는 분께서 '무엇과 하나가 됐다는 말씀인가요?'라고 되묻더라고. 그래서 그냥 그렇게만 전하셔도 아신다고 했지."

그냥 하나가 되었다니, 대체 무엇과 무엇의 하나인가? 삼례 역시도 궁금했다. 그러나 삼례는 묻고 싶어도 물을 수 없었고 그녀 또한 답하고 싶어도 답할 수 없었을 일이다. 그것은 물 밖을 나가본 적 없는 물고기가 새에게 뭍의 세상을 묻는 것과 같은 일일테니……

때론 죽음보다 무서운 게 있다

그 책은 경주 스님의 방에도 수연 보살의 방에도 있었다. 일전에 한 수행자가 파옥선원의 전 수행자들에게 보시한 책이라고 하니 그때 탁발을 한 수행자라면 누구나 한 권씩 갖고 있는 책이었다. 수연 보살의 방에서 차 한 잔을 얻어 마시던 삼례가 그녀의 권유로 침상 위에 있는 그 책을 들쳐보았을 때 삼례는 까무러치는 줄 알았다.

"세상에! 도대체 왜 이런 책을 보는 거죠?"

너무 놀란 나머지 삼례는 자신도 모르게 다그치듯 물었다.

"무아(無我)를 공부하는 거지. '나'라고 여기는 이 몸도 죽으면 쓰레기에 불과하니까."

실체란 없다. '나'라고 할 만한 것도 없다. 이 사실을 의식의 깊은 차원에까지 전달하고 주지시키기 위해 수연 보살뿐 아니라 많은 수행자들이 그 책을 틈나는 대로 보는 듯 했다. 그러나 삼례는 차마 그 책을 두 번 다시 볼 용기가 나지 않았다. 교통사고로 머리가 잘려나간 중년여인의 사진에서부터 배를 갈라 내장을 모두 드러낸 할머니의 사진, 관절 마디마디가 토막 난 청년의 사진, 살가죽이 벗겨져 형체를 알아볼 수 없는 아이의 사진 등 그 책에는 잔인하고 끔찍하게 훼손된 온갖 시신의 사진들이 총천연색으로 적나라하게 담겨 있었다. 자신의 부모뻘에서부터 언니, 오빠, 동생, 어린 조카뻘에 이르기까지 다양한 연령대의 친숙한 인상을 한 사람들이 도살장의 가축과 다름없이 난도질되고 짓이겨져 있는 모습에 삼례는 몸서리가 쳐졌다. 그 책을 본 이후로 꽤 오랫동안 죽음에 대한 혼란과 두려움을 느꼈다.

육체의 부정함을 깨닫는 이른바 부정관(不淨觀) 수행이 내게는 맞지 않는 걸까? 삼례는 자신의 수행법에 의구심이 들었다. 그동안 삼례는 무아의 느낌을 온몸으로 체득하고자 나름의 노력을 했었다. 그러나 명상 홀 벽에 붙여진 시신이 부패해가는 과정이 그려진 그림을 보고도 별다른 감흥이 없었고, 윗 절로 올라가는 길목에 세워진 백골을 매일 가까이에서 관찰하면서도 육신의 덧없음보다는 다른 이들의 수행을 돕기 위해 자신의 육신을 보시한 그 뜻과 고귀한 쓰임에 오히려 감동할 따름이었다.

그러던 어느 날 밥그릇을 보관하기 위해 공양간으로 가던 길에 삼례는 사원건물 한 귀퉁이에 붙어있던 작고 귀여운 도마뱀이 순식간에 새의 먹이로 물려가는 것을 보았다. 그날 오후 산책길에서는 자신의 발치아래 바싹 말라 비틀어져 죽어있는 개구리를 발견하고 기겁을 했다. 배를 곯아 뼈만 앙상하게 남아있는 개들이 사원 안이나 그 주변을 어슬렁거리다가 다른 동물의 배설물을 핥아먹는 광경은 비참하기 이를 데 없었고, 인근 시내만 나가도 구걸하러 다니는 걸인과 고아들로 인해 시장을 다니기가 불편할 정도였다. 그러고 보니 굳이 애써 찾지 않아도 주변의 모든 것이 무상과 무아의 현장이며 생로병사의 치열한 전쟁터였다.

삼례가 사원을 떠나기 이틀 전, 간밤에 한 수행자가 자신의 처소에서 정진을 하다 죽었다는 소식이 들려왔다. 다음 날 간단한 기도의식을 마친 후 그녀의 몸은 판자로 얼기설기 짜인 관에서 꺼내어졌고 몸을 감싸고 있던 낡은 거적때기조차 벗겨내졌다. 그녀의 얼굴과 팔과 다리는 나무토막들 사이로 꺾이고 접혀 불길 속에 타들어 갔다. 평소 입던 법복 한 벌만 걸친 채로 그야말로 쓰레기처럼 소각되어 졌다. 생명이 다한 몸은 쓰레기와 같다하였거늘, 삼례는 그 광경을 지켜보면서도 그저 생각하고 생각했다. 얼마나 고통스러울까, 얼마나 두려울까, 얼마나 허망할까…….

윗 절과 아래 절에서 모여든 사원의 수행자들은 그러한 장면을 좀 더 면밀히 관찰하기 위해 조용히 부산을 떨었다. 몸뚱이의 무상함을 기억 속에 꼭꼭 새겨 넣기라도 할양으로 누구는 카메라 셔터를 연방 눌러댔고, 누구는 선글라스를 끼고 이리저리 자리를 옮겨 다니는가하면 누구는 불길 가까이에 쪼그리고 앉아 한시도 눈을 떼지 않았다. 멍하니 서 있기만 하면 왠지 손해를 볼 것 같아 삼례는 사진이라도 몇 장 찍고자 아쉬운 대로 휴대폰을 꺼내들었다. 그러나 과연 그 얼마나 무상함을 깨달았던가…….. 삼례는 그저 먹먹했다. 고요한 소용돌이처럼 일어나는 현기증과 울렁증을 참지 못해 서둘러 숙소로 돌아오는 길, 동향의 한 수행자가 삼례에게 다가와 말했다.

"운이 좋네! 떠나기 전에 장례식도 구경했으니. 이곳에서 일 년 넘게 수행한 사람도 장례식은 구경하기 힘든데."

삼례의 가슴은 더욱 먹먹해졌다. 졸지에 누군가의 죽음이 자신에겐 행운이 된 것 같았다. 때론 죽음보다 무서운 게 있다.

루씨의 밥그릇을 설거지해야 했던 필연적 이유

삼례에게는 오늘 특별한 일정이 잡혀 있다. 삼례가 사원에 기부한 작은 돈이 아침과 점심공양을 준비하는데 쓰이게 된 것이다. 파옥선원은 여느 미얀마 선원처럼 사람들의 자율적인 기부로 운영되는데, 기부를 한 사람은 탁발시간 때 수행자들에게 직접 음식이나 선물을 나눠줄 수 있다. 이른바 '단아'라고 하여 복을 짓는 기회가 주어진다. 삼례는 아침에는 아래 절에서 함께 공부하고 있는 여자 수행자들에게 단아를 하고, 점심때는 윗 절에 올라가 남자 수행자들에게 단아를 하기로 했다.

아침 잠이 많은 삼례도 오늘만큼은 새벽3시에 눈이 말똥하게 떠졌다. 아침 탁발시간이 5시 반인 걸 감안하면 적어도 한 시간 전에는 공양간에 도착해 있어야 될 것 같았다. 공양간에는 그보다 일찍 나온 세알리들이 일사불란하게 움직이고 있었고, 일반인들은 그들을 도와 야채와 과일을 썰거나 그릇을 옮기고 있었다.

사원에 기거하는 수백 명에서 수천 명에 이르는 수행자들을 위해, 그들은 밤에도 전등불 아래 모여 야채를 썰고 다듬었다. 그들의 대부분은 자발적으로 모인 인근 주민들이었다. 명상 홀에서 마지막 명상을 마치고 꾸띠로 돌아갈 때면 삼례는 일부러 그곳을 거쳐 길을 돌아가곤 했다. 저녁 명상을 마치고 우연찮게 그곳을 지나치던 날의 감회를 두고두고 잊을 수 없었기 때문이다. 불야성처럼 불을 밝히고 수십 명의 사람들이 모여 복닥대는 소리에 처음에는 무슨 난리라도 난 줄 알았다. 그들은 다음날 새벽에 먹을 수행자들의 끼니를 준비하고 있었던 것이다.

섬광처럼 스치는 전율이 머리끝까지 차올라 순간 정신이 번쩍 차려 졌다. 저렇게 많은 사람들의 도움과 보살핌으로 매끼 밥을 먹고 있었다는 사실이, 그런데도 아무런 생각없이 밥을 먹고 있었다는 사실이, 깨닫고자 하는 수행도 다른 이들의 도움 없이는 불가능하다는 사실이, 그러기에 깨달음도 자신만의 것이 될 수 없다는 사실이, 야심한 밤 공양간에 밝혀진 불빛처럼 삼례의 머리통을 환하고 뜨겁게 달구었다. 그것은 '연기(緣起, 원인과 조건이 상호 관계하고 의존하여 일어나는 법칙)'였다. 생생한 연기의 현장인 공양간 한편에서 그 밤의 기억을 되새기며 삼례는 멀뚱하게 서 있기만 했다. 그러다 곧 민망스러운 생각이 들어, 무처럼 생긴 딱딱한 채소를 얇실하게 썰

고 있는 팀에 은근슬쩍 합류했다. 서툴기만 한 칼질이 전혀 도움이 될 것 같지는 않아 차라리 가만히 있는 편이 낫지 않을까라고 망설이는 사이 탁발시간을 알리는 북소리가 둥둥 울려왔다.

공양간의 반장쯤 돼 보이는 세알리가 삼례를 과자가 담겨진 그릇 앞으로 안내했다. 그리고는 단아를 도와줄 친구는 어디에 있는지 물었다. 대개는 같은 국적의 수행자들이 함께 조를 이뤄 단아를 하지만 삼례는 주변을 잠깐 둘러본 후 가장 연령이 높아 보이는 할머니-세알리를 지목했다. 가난하고 늙은 미얀마 세알리들은 어쩌면 단아할 기회조차 드물지 모른다는 짐작이 맞은 건지, 순간 그녀의 얼굴에 환한 미소가 번졌다. 그녀와 삼례는 가장 쉬워 보이는 역할을 맡았다. 과자를 나눠주는 후식 담당이었다. 그런데 밥이나 반찬을 나눠주는 것보다는 흥미로워 보였다. 평소 무덤덤하고 무표정하게 다니던 수행자들도 후식 코너에서 만큼은 살포시 눈웃음을 치거나 애교가 흘렀다. 한 개만 더 얹어달라는 신호다. 그중 가장 재미있는 수행자는 영국인 세알리 메기였다. 그녀는 삼례가 한국인임을 눈치 채고는 한국말로 이렇게 말했다.

"한-개-만-더-주-십-시-오."

발음이 어찌나 또박또박하고 명확한지 당당한 느낌마저 들어 삼례는 흔쾌히 그녀의 접시에 과자를 한 개 더 얹어주었다. 그런데도 꿈쩍 않고 서 있는 그녀의 얼굴을 빤히 쳐다보자, 이번에는 그녀가 배시시 웃으며 다시 한 번 이렇게 말했다.

"한-개-만-더-주-십-시-오."

눈치가 있으면 절간에서도 새우젓을 얻어 먹는다더니 눈치에 배짱에 애교까지 갖춘 메기는 새우젓에 찍어 먹을 수육까지 얻어 먹고도 남음이었다.

단아를 마친 후 삼례는 밥을 챙겨들고 미얀마 수행자들의 합숙소로 갔다. 그런데 밥을 먹는 내내 미요의 표정이 시무룩했다. 후식으로 받은 요구르트를 떠 먹던 미요가 그제야 입을 뗐다. 삼례를 물끄러미 바라보며 그새 좋아진 영어실력으로 "When, home?"이라고 한다. 그녀는 삼례가 곧 사원을 떠날 것을 짐작하고 있었다. 단기간 체류하는 수행자들의 대부분이 사원을 떠날 즈음에 기부나 단아를 하기 때문이다. 루씨와 니이도 설거지를 마친 후 삼례에게 다가와서는 미요와 같은 질문을 했다. 그리고 삼례가 단아를 할 때 같은 한국인의 도움을 받지 않은 이유에 대해서도 의아해하며 궁금해 했다.

오전 명상이 끝난 후, 윗 절 수행자들에게 단아를 하러 가기 위해 채비를 하는 삼례에게 루씨가 슬쩍 다가왔다. 그녀의 한쪽 손에는 자신의 밥그릇이 들려 있었다. 루씨는 삼례에게도 밥그릇을 챙겨들고 자기를 따라오라고 눈짓했다. 명상 홀에서 조금 벗어난 곳에 미요와 니이도 마찬가지로 밥그릇을 챙겨들고는 설레는 표정으로 서 있었다. 삼례의 단아를 돕기 위해 다음 명상시간까지 빼먹고

세 사람이 의기투합한 것이다. 루씨의 작전이었다. 밥그릇은 윗 절에서 단아를 마친 후 그곳에서 아예 점심공양까지 해결하고 오기 위해 필요했던 것이다.

60대 세알리인 루씨의 짠밥은 두루두루 통해, 삼례와 그 일행은 공양간에서 밥을 싣고 윗 절로 막 출발하는 트럭에 쉽게 몸을 실을 수 있었다. 한국으로 치면 야트막한 능선밖에 되지 않는 윗 절 아래에 또 다른 명상 홀이 있었다. 그곳은 명상도 하고 윗 절 수행자들이 탁발하는 장소로도 이용되었다. 이윽고 점심탁발을 알리는 북소리가 울려 퍼졌다. 드디어 끈끈한 팀워크를 발휘할 때가 왔다. 우선 나이 많은 루씨는 바나나를, 미요와 니이는 반찬을 담당하게 되었다. 그런데 삼례에게는 가장 어려운 중책이 맡겨졌다. 가장 앞쪽에 서서 대나무통을 어슷하게 잘라 만든 주걱으로 밥을 퍼주는 일이다. 삼례는 순간 당황스러웠다. 수 백 명분의 밥을 훌훌 털어 각자의 취향에 맞게 양을 조절해가며 잽싸게 밥을 퍼주려면 근력뿐 아니라 순발력도 필요한 일이었다. 그래서 그 일은 주로 힘센 처사들이나 공양간 일에 능숙한 세알리들이나 요기들이 담당했다.

그러나 담당자를 교체할 새도 없이 앞줄에 서 있던 비구들이 발우를 내밀었고 다행히 두어 명의 처사가 삼례의 뒤에 바짝 붙어 서서는 여러 개의 대나무 주걱에 적당한 양의 밥을 퍼놓기 시작했다. 삼례는 그저 그 주걱을 건네받아 수행자들의 발우에 밥을 담아주기만 하면 그만이었다. 재주는 곰이 부리고 잇속은 엉뚱한 놈이 챙

기는 것처럼 힘든 일은 처사들이 알아서 해결해주고 삼례는 그 앞에서 생색만 내면 되었다. 그러다 그나마도 힘이 들어 서서히 지쳐갈 무렵, 이를 눈치 챈 또 한 팀의 처사들이 삼례를 끌어당기더니 그 자리에 서서 남은 역할을 대신해주었다.

탁발이 끝나고 친구들과 둘러앉아 밥을 먹는 내내 삼례의 가슴속은 뭐라 말할 수 없는 뭉클하고 뜨거운 것이 차올랐다. 삼례가 외롭지 않기를 바란 마음에 명상시간까지 빼먹으며 루씨가 마련해 준 작은 소풍에서 보시의 기쁨과 복을 챙겨주기 위해 탁발시간 내내 삼례를 뒷바라지해 준 처사들이 일러준 것은 또한 '연기(緣起)'였다. 가슴이 벅차게 달궈지던 그 순간에, 삼례는 무엇으로든 보답을 해야 했다. 그래서 평소 자신을 물심양면으로 보살펴 준 루씨의 빈 밥그릇이라도 낚아챌 수밖에 없었다. 그녀의 밥그릇을 대신 설거지하겠다며 뜬금없이 고집을 피우는 삼례의 뜻에 루씨도 그때만큼은 묵묵히 고개를 끄덕였다. 그 무엇도 홀로 되는 것이 없는 연기의 법칙 속에서 우리는 그렇게 서로에게 의존하고 공존하는 존재들이었다.

공생을 위한 평화협정의
모기장 안에서

이곳 명상홀 안에 설치된 일인용 모기장들을 볼 때면 삼례는 왠지 모르게 흐뭇해졌다. 그런 모기장은 한 번도 본적이 없었기에 처음엔 모기장을 뒤집어 쓰고 앉아있는 수행자들의 모습이 생소하기도 하고 우습기도 했다. 마치 여름날 밥상 위에 차려놓은 밥이며 국, 찬들을 파리들로부터 보호하기 위해 우산처럼 씌워놓는 상 덮개처럼 이곳 수행자들은 그와 같이 생긴 모기장을 하나씩 뒤집어 쓰고 명상을 한다. 벌레들로부터 방해를 받지 않고 명상하기 위해서다. 말하자면 모기장은 벌레들과의 공생을 위한 평화협정의 도구라고 할 수 있다. 그러나 삼례는 그 안에 들어앉아 있으면서도 마음이 결코 평화롭지 못했다. 지난날에 대한 좋지 못한 기억과 당시 인연들에 대한 원망과 분노가 한번 일어나기 시작하면 그 감정은 걷

105

촘촘히 짜인 평화협정의 모기장 사이로 선선한 바람 한 자
락이 들어왔다. 바람을 타고 흘러드는 풀잎향기가 옆 창문
가에 붙어있는 작은 도마뱀의 푸른 빛에 묻어난 비냄새로
더욱 짙고 푸르러졌다.

잡을 수 없이 커져 온갖 망상을 만들어 냈다. 그것들이 자신을 거세게 압박하고 짓누를 때는 숨을 관찰하기는 커녕 하루 종일 앉아 피해의식과 슬픔만 키웠고, 그렇게 눈사람처럼 커진 그것은 곧 '나'가 되었다.

"그 또한 그런 줄 알고 바라보세요. 그리고 숨을 느끼는 게 아니라 코 주변의 호흡을 '보는' 겁니다."

"호흡을 느끼지 말고 보는 거라고요?"

"그렇습니다. 마음의 눈으로. 그런데 그 마음의 위치를 머리 뒤로 두세요."

지도스님에게 점검을 받을 만큼 수행한 내용이 없어 망설여지긴 했지만, 혹여 신통방통한 '망상 퇴치법'이라도 있을까 싶어 삼례는 일주일에 세 번 있는 인터뷰시간에 참석해 보았다. 그런데 대체 숨을 느끼는 것과 보는 것이 어떻게 다르단 말인가? 그것부터가 아리송했다. 게다가 그냥 마음으로 보는 것도 아니고 머리 뒤에 놓고 보라니. 의사 출신인 빤야난타 지도스님은 그 숨을 일러 이른바 '지혜의 숨'이라고 했다.

지도스님과의 인터뷰를 마친 삼례는 자리로 돌아와 다시 모기장을 뒤집어 쓰고 앉았다. 그러나 사람들에 대한 원망과 분노로 뒤엉켜 일어난 망상은 여전히 성성했다. 삼례는 꾸욱 애써 눌러 감고 있던 눈을 떴다. 차라리 책을 보자. 19호 꾸띠에 기거하는 비구니스님이 명상할 때 참고하라고 빌려 준 사마타 위빠사나에 관한 지

침서였다. 마침 그 책에는 이런 구절이 쓰여 있었다.

"만일 성냄이나 증오, 분노 등이 일어나 호흡에 제대로 알아차림 할
수 없을 때는 자비관을 하는 것도 도움이 된다."

그 책에서 일러준 대로 삼례는 우선 자기 자신을 위해 기도했다.
'내가 위험으로부터 벗어나기를, 정신적 육체적 고통으로부터
벗어나기를, 건강하고 행복하기를!'
그렇게 자신을 향해 자비심을 일으킨 다음에는 같은 방법으로
모든 존재들을 향해 기도했다. 그리고 자기에게 깊은 상처와 고통
을 준 이들을 향해서도 자애심이 일어나도록…….
촘촘히 짜인 평화협정의 모기장 사이로 선선한 바람 한 자락이
들어왔다. 바람을 타고 흘러드는 풀잎향기가 옆 창문가에 붙어있는
작은 도마뱀의 푸른 빛에 묻어난 비냄새로 더욱 짙고 푸르러졌다.
"까꿍, 까꿍, 음매, 음매~"하며 울어대는 신기한 카멜레온의 소리와
이름 모를 새소리, 그리고 해가 기울어질수록 잦아지는 미얀마 요
기니들과 세알리들의 트림과 방귀소리마저 정겨워지는 저녁, 이 인
연들의 어우러짐 속에 이렇게 앉아 존재하고 있다는 것이 삼례는
문득 경이롭게 느껴졌다. 한편 궁금해졌다. 이 새삼스러운 발견에
대해 빤야난타 스님은 무어라 이름 할 수 있을까?

명상보다 어려운
한방 살이 인욕수행

"오늘 아침에 내게 큰소리로 화를 낸 것은 네게 업이 될 것이다. 수행자는 화를 내서는 안 되니까. 너와 한방을 쓰기가 힘드니 제발 부탁인데 다른 방으로 옮겨주면 좋겠어." ― 수잔타

　명상 홀에서 오후명상을 마치고 방에 돌아온 삼례는 침상 옆 테이블 위에 이런 내용의 쪽지가 놓여있는 걸 발견했다. 적반하장도 유분수지, 사과를 하지는 못할망정 방을 옮겨달라니 기가 찰 노릇이었다. 수잔타는 말레이시아에서 온 20대 중반의 룸메이트였다. 이곳 선원에 와서 그녀는 장기체류하는 여느 외국인들처럼 세알리로 출가했다. 삼례가 이곳에 오기 전까지 그녀는 이전 룸메이트가 떠난 2인1실의 방을 혼자 자유롭게 사용하고 있었다. 그러던 차에

삼례와 한방을 쓰게 된 것이 불편했던지 수잔타는 걸핏하면 이런 저런 잔소리를 했다. 짐을 옮기다가 작은 소리라도 날라치면 아래 층 사람들에게 피해가 간다며 검지를 얼른 입술에 가져다대며 조용히 하라는 신호를 보냈고, 벌레들이 방안에 들어온다는 이유로 밤에는 전등을 켜지도 못하게 했다. 어디 그 뿐인가. 멀쩡한 변기의 레버를 고무줄로 칭칭 묶어놓고 고장이 났다며 바가지로 물을 퍼서 사용하도록 했다.

어디를 가나 텃세라는 게 있기 마련이라 삼례는 수잔타의 방침을 순순히 따랐지만 날이 갈수록 인욕수행이 따로 없었다. 특히 오늘 새벽녘에 있었던 일은 참을 수가 없었다. 문제의 발단은 며칠 전에 있었던 사소한 일 때문이었다. 명상시간에 망상이 심해져 일종의 슬럼프를 겪고 있던 삼례는 몸도 마음도 침체되고 우울해져 새벽좌선과 아침탁발을 거른 채 잠을 자고 있었다. 그런데 그런 삼례의 행동이 못마땅했던지 수잔타는 명상 홀에 챙겨갈 차를 준비하면서 유난스레 소음을 크게 냈다. 그녀의 테이블이 자신의 침상 옆에 바짝 붙어있는 게 문제인 듯도 싶어 삼례는 잠결에 제안을 했다.

"수잔타, 네 테이블을 다른 곳으로 옮겨주면 안 될까? 그게 좋을 것 같아."

수잔타는 묵묵부답으로 포트에 끓인 물을 보온병에 따라 붓기만 했다. 기분이 상한 걸까, 그날 오전 내내 그 일로 신경을 쓰던 삼례에게 다른 묘안이 떠올랐다. 가구를 이리저리 배치해도 좋을 만

큼 방 크기는 충분했고 화장실 벽과 침상이 붙어있는 것도 마음에 걸린 터라 이 기회에 자신의 침상과 테이블의 위치를 바꾸면 서로 편할 거라는 생각이 들었다.

"수잔타, 차라리 내 침상과 테이블 위치를 바꾸는 게 좋을 것 같아. 그런데 침상이 무거워 혼자 들기 힘든데 잠깐만 도와줄래?"

삼례의 부탁에 수잔타는 민망할 정도로 일언지하에 거절했다. "NO!"라는 그녀의 답이 무척이나 차갑고 살벌하게 맴돌았다. 그리고 오늘 새벽에는 화장실 문을 열어놓은 채 세안을 하고 심지어는 볼 일 보는 소리를 냈다.

"화장실 문 좀 닫아줄래?"

삼례의 부탁에도 수잔타는 아무런 대꾸 없이 화장실 문을 계속 열어놓은 채 사용했다. 삼례는 침상에서 일어나 화장실 문 앞까지 가서 큰소리로 다시 말했다.

"수잔타, 화장실 문 좀 닫고 사용하라고!"

그 일 이후로 삼례와 수잔타는 더욱 서먹한 사이가 되었다. 삼례 역시 진작 방을 옮기고 싶어 담당 세알리에게 부탁해볼까 여러 번 망설였지만 이미 그러지 않기로 마음먹은 터였다. 아무리 작은 일에서도 그럴만한 이유가 있다는 것이 미얀마로 여행 와서 순간순간 일어난 느낌이었고, 불편함을 참아내는 것 또한 수행일 거라는 생각에서였다. 수잔타와의 인연도 어쩌면 그러하리라. 그러나 삼례는 그것을 인지하고도 그녀가 남긴 쪽지에 화가 치밀어 올라 이런 답장을 남겼다.

"나는 그럴 의향이 전혀 없으니 불편하면 네가 옮기렴."

이상과 현실, 이론과 실전이 이토록 다를 줄이야! 그러나 사원을 떠나던 날, 삼례는 미소 지으며 수잔타와 작별의 포옹을 나눌 수 있었고 수잔타는 삼례에게 버스 안에서 먹으라며 탁발 때마다 하나둘 챙겨 모아둔 과자를 선물로 안겨줬다.

부지런해야 무탈하게 입을 수 있는 옷, 론지

미얀마에 와서 계속 삼례의 시선을 잡아끄는 것이 있었다. 다름 아닌 미얀마 사람들의 옷차림이다. 어디를 가나 남녀노소 불문하고 치마를 입고 있다. 사실 치마라기보다는 원통형의 천을 치마처럼 연출한 것인데 '론지(Longyi)'라고 하는 미얀마 전통의상이다. 엊그제 파옥 선원 근처 학교 앞에서 본 초등학생들은 일제히 초록색 론지를 입고 있었다. 이곳에 내려오기 전 양곤에서 본 중·고등학생들도 그 같은 차림을 하고 있었던 걸 보면 아마도 초록색 론지는 미얀마 학생들의 교복인 모양이다.

물론 미얀마에도 제대로 옷모양새를 갖춘 전통의상이 있지만 무엇보다 삼례는 론지가 마음에 들었다. 널따란 천 한 장이 활용하기에 따라 전 국민이 다방면으로 즐겨 입는 전통의상이 될 수 있다는 점도 그러하고 그 단순한 옷이 지닌 실용성과 합리성, 평등성, 그리고 나름의 멋스러움에 점차 마음이 끌렸다. 더구나 선원 앞 네 거리로 볼일을 보러갔다가 마주친 초등학생들의 산뜻하고 귀여운 초록색 물결과, 선원 내에서 매일 보게 되는 요기와 요기니들의 옷차림은 삼례에게 론지를 입어보고 싶은 바람까지 갖게 했다. 그러나 론지를 입는 법은 단순해보여도 그것을 여미는 법이 익숙하지 않는 외국인에게는 쉽지 않다.

론지는 여밈에서 남녀 간 차이가 있는데, 남자는 론지의 양 끝을 앞쪽으로 포개어 한번 감은 후 속으로 집어넣는 반면, 여자는 허리 옆 부분에서 포개어 그 상태로 속에 집어 넣는다. 이렇듯 허리에 고무줄이 있거나 벨트를 착용하는 게 아니어서 단단히 여며도 느슨해지기 십상이라 론지를 입을 때는 중간에 한 번씩 다시 여며줘야 한다. 이 때문에 명상이 끝나고 쉬는 시간에 사원 내 화장실에서는 재미있는 광경이 펼쳐지곤 한다. 옷매무새를 단단히 하고 더위도 식힐 겸 일제히 론지자락을 풀어 헤쳐 흔들어대는 요기니들의 모습을 볼 수 있는데, 흔들흔들 불어넣는 바람이 비단 그들의 치마 속에만은 아닌 것이 그러한 광경을 볼 때면 삼례는 자신도 모르게 웃음이 툭 터져 나왔다. 그러한 웃음 뒤에는 수행에 지친 마음도, 집으로 돌아가고픈 마음도 달래주는 알 수 없는 유쾌함이 따랐다.

허리치수 따질 것 없이 누구나 걸칠 수 있고, 입기 편하고, 통풍

이 잘되고 잘 마르는 등 여러 장점이 있지만 여밈 상태를 중간 중간 체크하지 않았다가는 자칫 망신을 당할 수 있는 옷 론지. 더구나 론지는 속옷을 입지 않고 착용하는 게 원칙이라는 얘기도 있어서 여밈을 게을리 했다가는 망신도 그런 망신이 없을 것이다. 그러나 전통의 옷차림이 일상화된 이들에게서 그러한 불편함은 전혀 읽을 수 없다. 오히려 점잖은 문양과 색상의 론지에 흰색 와이셔츠를 차려입은 선원 내 요기들의 옷차림에서는 양복 이상의 중후한 격조와 신사다움이 묻어날 뿐 아니라 전통을 중시하고 이어가는 자부심마저 느껴진다. 그에 대한 부러움이 컸던 차에 삼례 옆방에 기거하는 린 할머니와 선원 맞은편 동네에 살며 소일거리로 바느질을 하는 미얀마 소녀 차이차이의 옷차림은 더욱 삼례의 마음을 사로잡았다. 결국 삼례는 론지에 대한 갈망에 이끌려 선원 밖에서 제법 떨어진 마날리까지 원정을 나서게 되었다.

여행 속 여행 속의 여행들

"할머니, 할머니가 입고 다니는 블라우스 좀 며칠 빌려주실 수 있나요?"

드디어 마날리 행을 감행하기로 한 날, 삼례는 린 할머니방의 문을 두드렸다. 린 할머니는 삼례가 이곳에 도착한 첫날 처음으로 만난 미얀마 요기니다. 방을 배정받기 위해 외국인 전용 꾸띠를 관리하는 세알리를 기다리는 동안 할머니는 초면인 삼례를 자신의 방으로 안내해 따뜻한 꿀물을 타 주었다. 마얀마에서는 영국의 점령하에 있었던 역사적 배경으로 인해 젊은이들은 영어를 못하는 반면 노인들은 영어를 곧잘 하는 편인데, 린 할머니의 영어실력은 그런 노인들 중에서도 월등한 때문인지 여느 미얀마 요기니들과는 달리 외국인 전용 꾸띠에 방 한 칸을 마련해 놓고 수행생활을 하며 여생을 보내고 있었다. 첫날 린 할머니가 타준 달달한 꿀물 때문인지, 가끔씩 당신의 방으로 불러 들려주는 정담 때문인지는 몰라도 삼례는 그녀가 자상하고 친근한 친할머니 같았다. 뜬금없는 삼례의 부탁에도 할머니는 어리둥절해하면서도 블라우스 몇 장을 선뜻 내주었다.

사원을 나서기 전 삼례가 린 할머니에게 블라우스를 빌린 데에는 나름의 이유가 있다. 할머니는 선원 내 요기니들처럼 갈색 론지에 흰색 블라우스를 받쳐 입곤 하는데, 그녀가 한 땀 한 땀 손수 지은 블라우스는 하나같이 면 소재의 레이스나 자잘한 꽃문양이 은은하게 수놓아진 천으로 만든 것들이어서 삼례의 마음에 쏙 들었다. 사실 린 할머니의 블라우스보다 더욱 삼례의 마음을 사로잡은 건 차이차이를 처음 만난 날, 그녀가 입고 있던 미얀마 전통의 투피스다. 빨간색 줄무늬치마에 빨간색 칠부 소매 블라우스를 세트로 맞춰 입은 차이차이의 옷차림은 또 다른 매력이 있었는데, 좀 더 격식 있으면서도 화사하고 단아해 보였다.

삼례는 마날리 시장에 가면 론지부터 구입하고 린 할머니와 차이차이가 입은 옷과 비슷한 원단들을 구해올 요량으로 길을 나섰다. 돌아오는 길에는 시원한 냉커피도 한잔할 계획이다. 냉장고가 없는 선원에서 냉커피는 그야말로 꿈에서나 그릴법한 일이라, 얼음이 잔뜩 든 냉커피를 마실 생각만으로도 삼례는 마음이 들떴다. 그

러나 길치인 자신이 마날리까지 무사히 다녀올 수 있을지 두려움이 앞섰다. 한편 그만큼 설렘이 따랐다. 낡은 소형트럭에 판자를 걸쳐 만든 미얀마식 버스를 타고 가야하는 것이 무엇보다 그러했다. 그리고 보니 여행 속의 또 다른 여행인 셈이다. 태어남과 동시에 시작된 '삶'이라는 여행까지 셈하면 여행 속 여행 속의 여행인 것이다. 그래서일까, 한 생 또한 꿈같은 여행으로 문득문득 다가오는 것은……. 마날리로 가는 낡은 트럭 안에서 만난 삶이, 사람들이 낯선만큼 정겨운 것도 그러한 인식 때문인지 모르겠다고 삼례는 생각했다. 비좁은 공간 속 판자 위에 엉덩이를 걸치고 서로의 맑은 눈을 들여다볼 만큼 가까이 마주하고 있다 보니 우리 모두가 실은 여행자이고 이방인이라는 같은 처지를 삼례는 새삼 인식하게 되었다.

눈길만 마주쳐도 맞은편 아이는 환히 웃어주고, 옆자리 소녀는 배시시 수줍은 미소를 지어 보이며, 아주머니와 할머니들은 초면에도 스스럼없이 어디에서 왔는지, 어디를 가는지 물어오는 마날리행 버스 안. 그곳에서 삼례는 또 다른 세상을 발견하게 되었다. 트럭 안쪽 누군가가 내리면 일제히 엉덩이를 들어 불편한 구석 쪽으로 자리를 옮겨주고, 서로의 손과 손을 거쳐 트럭 끝에 매달려가는 차장에게 버스요금을 건네주는 작은 배려와 작은 도움들……. 자신이 내릴 차례가 될 즈음에서 삼례는 그것들이 곧 '사랑'이라는 것을 알 것도 같았다.

그나저나 마날리 시장에 도착하면 삼례에게는 사야 할 품목이

한 가지 더 늘었다. 맞은편에 앉아있던 할머니와 아주머니가 버스 요금을 내기위해 블라우스 속으로 슬쩍 손을 집어넣을 때 발견한 또 하나의 사실! 미얀마에는 속옷에도 미얀마만의 스타일이 있다는 것이다. 중년 이상의 미얀마 여인들이 즐겨 입는 속옷에는 비상금을 꼬불쳐두는 주머니가 옵션으로 달려 있었다. 삼례는 자신의 노모 뿐 아니라 건망증 심한 자신에게도 그것만큼 안성맞춤인 선물은 없을 거라는 생각이 들었다. 이 은밀한 발견까지 가능한 미얀마식 버스를 앞으로 삼례는 론지만큼이나 좋아하게 될 것 같다.

3장

죽음 대신 얻은
삶의 진리
—일본 편

Japan

턱받이를 한
일본의 불상들

"일본에 와서 가장 가고 싶었던 데가 어디니?"

동경의 한 대학에 근무하는 삼례의 친구가 삼례에게 물었다. 그가 거주하고 있는 동네는 이께부끄르. 조금 복잡한 이름이라며 그는 천천히 "이-께-부-끄-르"라고 발음해 보인다. 서울 촌놈인 삼례가 일본에 처음 와서 접한 동네이름이다. 이께부끄르는 한국으로 치면 서울의 신촌쯤에 해당되는 곳이라고 한다. 그냥 떠나고 싶었고 잠시 쉬고 싶어 나선 여행이었기에 삼례는 일본의 신촌이라는 곳만 눈요기하다 돌아가더라도 별 아쉬움은 없었다. 하긴 비싼 비행기표 값을 생각하면 신주꾸 정도는 둘러보고 가는 게 좋겠다는 생각은 든다. 그런데 동경이란 도시는 왠지 서울보다도 삭막한 것 같다. 어디를 가나 눅눅하고 우중충한 회색빛이다. 웬 까마귀들은 그리 많은지, 까르륵 까르륵 음습한 소리를 내지르며 쓰레기통을 뒤지고 사는 동경의 까마귀들이 어째 서울 비둘기들보다 처량맞아 보인다.

"가고 싶은 데는 딱히 없는데……, 일본 절에서 며칠 지내보고는 싶은걸."

일단 도심을 벗어나고 싶은 생각에 말을 툭 뱉고 보니 삼례는 진짜 궁금해졌다. 일본의 템플스테이는 어떨까? 일본 절의 수행자들은 어떻게 공부하고 무얼 먹을까? 그래서 찾아가게 된 곳이 오바마시에 위치한 '부코쿠지'라는 절이다. 우리식으로 발음하면 '불국사'가 된다고 한다.

부코쿠지로 향하는 길, 삼례의 친구는 선(禪)에 심취해 그곳을 추천한 학교동료에게 얻은 정보를 몇 가지 들려줬다. 우선 일본의 대표 종단인 조동종 사찰로 인자하신 노스님이 참선을 지도해주는 곳으로 유명해서 "참선을 하려면 불국사로 가라"는 말이 나돌 정도라고 한다. 그래서 전 세계의 수행자들이 모여든다고 한다. 그런데 가장 흥미로운 점은 그 절 주지인 담현 노스님의 전직이다.

"여든이 넘은 스님인데, 태평양전쟁 때 가미가제 조종사였다나 봐."

"자폭(自爆)하는 특공대인 가미가제? 그런데 어떻게 살아남으셨다지?"

부코쿠지에 도착도 하기 전 삼례는 새록새록 궁금한 것이 많아

졌다. 가미가제 조종사가 어떻게 살아남아 출가를 하게 됐는지, 부코쿠지가 혹 경주 불국사와 무슨 연관이 있는 건 아닌지, 그리고 무엇보다 궁금한 것은 어디를 가나 흔히 보게 되는 일본 불상의 모습이다. 하나같이 알록달록한 천을 목에 두르고 있으니 말이다.

"부처님이 침이라도 흘릴까봐 턱받이를 해놓은 건 아닐까? 간난 아기들처럼."(웃음)

친구의 농담처럼 일본 신사에서나 절에서 만난 불보살상의 턱밑에는 꼭 턱받이처럼 생긴 천이 둘러져 있다. 삼례는 부코쿠지에 도착하면 담현 스님에게 그것부터 물어봐야겠다고 생각했다.

'제각각의 세상'이 아닌 세상은 뭣꼬?

늦은 오후가 돼서야 삼례는 오바마시에 도착했다. 바닷가를 끼고 있는 평화로운 시골 오바마시는 재밌는 동네다. 아니 그보다는 발상이 기발한 동네라고 할까. 단지 이름이 같다는 이유만으로 이곳 사람들은 오바마 대통령을 일치감치 동네 공식 마스코트처럼 지정해 지역을 홍보하는데 적극 활용하고 있다. 오바마 대통령이 마치 이 지역 출신이라도 되듯 관광기념품 가게마다 오바마의 얼굴을 새겨 넣은 티셔츠며 컵, 열쇠고리 등을 특산품처럼 팔고 있다. 오바마가 미국 대선에 출마하기 전부터 전폭적인 지지를 했다고 하니, 조금 엉뚱하긴 해도 이곳 사람들의 선견지명과 기발한 발상과 전략을 인정해 줄 만도 하다.

부코쿠지는 오바마시 기차역에서 마을버스를 타고 내려 이십 여분을 걸어 들어간 마을 안에 위치해 있었다. 무료할 만큼 한적한 마을을 몇 바퀴나 뱅글뱅글 돌다가 지칠 무렵, 삼례의 친구가 드디어 목적지를 발견했다. 부코쿠지 입구에도 턱받이를 곱게 두른 불보살상들이 자비롭게 서 있었다. 절 안으로 들어서니 경내에서 조용히 비질을 하고 있는 외국인 수행자들의 모습이 눈에 들어왔다. 법당에서 걸레를 훔치고 나오거나 공양간에서 차를 준비하는 스님들의 모습도 보였다. 울력(여러 사람이 힘을 합해 일함)시간이었다.

잠시 후 삼례와 삼례의 친구는 일본인 스님의 안내로 방을 배정받았다. 그런데 방사정이 여의치 않다보니 여럿이 합숙을 해야 했다. 방도 방이지만 이불도 그렇고 선방건물 앞에 놓인 나무의자며 살림도구들이 소박하다 못해 궁색하다. 공양간 근처에 놓인 컵을 보관하는 낡은 진열장이며 누렇게 때가 탄 플라스틱 쟁반에 한쪽 손잡이가 떨어져나간 보온병, 검게 그을린 주전자, 곰팡이자국이 남아있는 이불 등 번듯한 세간은 어디에서도 찾아보기 힘들다. 방을 안내해 준 경조 스님의 빛바랜 승복을 통해서도 삼례는 이 절 사람들의 검박한 살림살이를 엿볼 수 있었다.

짐을 풀어놓고 경내로 나오니 경조 스님이 삼례와 친구에게 수저를 한 벌씩 건넨다. 수저를 곱게 싼 종이에는 각각 두 사람의 성씨가 적혀있다. 스님은 공양간 입구 근처에 마련된 나무진열장에서 컵 두 개를 꺼내 보이며 투박하고 큰 머그잔은 친구의 것이고 하트조각이 새겨진 아담한 크기의 청록색 물잔은 삼례가 사용할 컵이라고 설명한다. 각자의 성품을 이미 알아채기라도 한 듯 스님이 손수 컵을 골라 그 모양새까지 주인과 비슷한 것으로 맞춤해 놓은 것이다. 게다가 어느 사이, 작은 칸막이로 칸칸이 짜인 컵 진열장에 그것을 보관할 자리를 미리 지정해 이름표까지 붙여 놓았다. 허름한 진열장에는 절에 머물고 있는 수행자들의 이름표와 그들이 사용하는 컵들이 올망졸망 모여 있다. 그 앞에는 뜨거운 커피와 녹차, 시원한 물과 레몬티 등이 담긴 여러 개의 보온병과 페트병 등이 가지런히 놓여있다. 웬만한 집에서는 진작 내다버렸을 세간들이 멀쩡히 제 역할을 하고 있는 모습에 삼례는 왠지 모를 정겨움과 반가움이 느껴졌다.

"참선하다 쉬는 시간에 이 앞에서 물도 마시고 차나 음료도 따라 마시면서 티타임을 가지면 됩니다."

경조 스님의 세심한 배려와 안내에 귀기울이다보니 삼례는 유명한 선종(禪宗)사찰의 명성과는 걸맞지 않는 가난하고 남루한 살림살이가 처음과 달리 초라하지도 실망스럽게도 느껴지지 않았다. 만약 자신의 엄마가 그런 세간들을 버리지 못하고 쓰고 있다면 궁상맞다고 했을 일인데 말이다. 이곳에서는 왠지 귀하지 않은 것은 없어 보인다. 진작 내다 버렸어도 시원찮은 고물들도 가치 있고 유용할 뿐이다. 아차! 그리고 보니 삼례가 깜빡 잊은 것이 있었다.

"스님, 일본의 불상들은 왜 턱받이처럼 생긴 천을 목에 두르고

있죠? 한국의 불상은 그렇지 않거든요."

삼례의 질문에 경조 스님은 고개를 갸우뚱하더니 "글쎄요"라고만 한다. 그러다가 이어지는 말이 걸작이다. 너무도 당연해서 한번도 그것에 대해 생각해 본 적이 없었는데 그 얘기를 듣고 보니 자기도 궁금해졌다는 것이다. 그러더니 어딘가로 잠시 사라졌다가 다시 나타났다.

"노스님께 여쭤보니 '가사(袈裟, 스님들이 장삼 위에 걸치는 법의)'라고 하시네요."

일본인들의 못 말릴 정도로 아기자기한 정서에 삼례는 웃음이 났다. 한편 누구에게는 무척 궁금한 것이 누구에게는 전혀 궁금해 본 적이 없을 만큼 당연한 것일 수도 있다는 사실이 새삼 놀랍고 신기했다. 공양간 옆 진열장에 놓인 컵들처럼 우리도 그렇게 제각각의 칸막이 속에 놓여있는 건 아닌지, 아마도 세상은 그러한 제각각이 바라보는 '세상들' 뿐인지도 모른다. 소박하고 검박한 살림살이에 마음까지 덩달아 그리 되는 절 부코쿠지.

그곳 선방 앞 삐걱대는 의자에 앉아 하트문양이 새겨진 청록색 잔
에 차 한 잔을 홀짝이면서 삼례는 나름 화두 하나를 챙겨본다.

'제각각의 세상'이 아닌 세상은 대체 뭣꼬?

가쓰오부시로 국물 낸
우동 한 그릇 같은

부코쿠지는 1500년대에 지어진 일본의 선종(禪宗)사찰이다. 우리나라로 치면 작은 암자 정도에 지나지 않는 가난한 절에는 해제기간에도 노스님의 가르침을 받고자 세계 각국에서 찾아온 외국인들이 머물러 있었다. 동양문화를 전공하는 미국인 대학원생 폴을비롯해 오랫동안 다니던 직장을 때려치우고 배낭여행 중인 대만인 아가씨 레이, 세심하면서도 활달한 여장부인 이스라엘 출신의 노처녀 루스, 그리고 매년 부코쿠지에서 방학을 보낸다는 미국인 교수 존과 유럽에서 온 중년의 처사도 있다. 이들 가운데 가장 눈에 띄는 사람은 단연 도겐 스님이다. 50대 초중반쯤 돼 보이는 그녀는 미국인으로 일본에서 출가한 비구니 스님이다.

선방 앞 의자에 앉아 할 일없이 망상을 피우던 삼례에게 도겐 스님이 다가와 먼저 합장을 했다. 환한 미소로 환영인사를 건네는 그녀의 모습이 눈부시도록 맑고 밝아서 삼례는 그녀와 같은 미소를 따라지을 수밖에 없었다. 한참동안 영어로 설명하는 그녀의 말을 모두 알아들을 순 없지만 삼례가 분명히 느낄 수 있는 건 그녀는 지금 무척 행복하다는 거다. 예불을 올릴 때도, 공양을 할 때도, 조신한 걸음걸이로 경내를 돌며 행선을 할 때도, 심지어 폴과 뒷간에서 똥오줌을 퍼 날라 텃밭에 거름을 줄때도 그녀는 그러했다. 잠시잠깐 스치는 바람 같은 행복이 아니라 고요하고 평온하고 잔잔하게 머물러있는 행복……. 견고하고 온전하게 느껴지는 그것은 모든 것을 훌훌 털어버린 후에야 적적하고 은밀하게 찾아오는 환희심 같은 것일지도 모른다고, 햇살처럼 빛나는 그녀의 얼굴을 보면서 삼례는 그렇게 어림짐작했다. 사랑하는 가족과 친구들, 고향, 일 등등 도겐 스님에게도 분명 많은 욕망과 애착과 집착에 싸여있던 날들이 있었으리라. 그리고 그러한 고통 속에서 그것들을 하나하나 혹은 단박에 놓아버린 비움의 시간이 있었으리라. 그러나 그녀는 다만, 오래 전부터 선(禪)에 관심이 많았고 스님이 되고 싶었기에 비구니를 인정하는 나라인 일본에서 출가를 하게 됐다고 자신을 소개했다.

도겐 스님만큼이나 부코쿠지와 인연이 깊은 외국인은 이탈리아에서 온 마리오다. 요리사 출신인 그는 여러 나라를 여행하던 중에 우연찮게 들른 부코쿠지에서 장기체류 중이었다. 여느 수행자

들이 그렇듯 마리오는 절에 머무는 동안 참선을 배우며 나름의 밥값을 하고 있었다. 그의 밥값은 당연 '요리'다. 살림도구와 식재료들만 봐도 저절로 손이 움직여지는 까닭에 부코쿠지에 도착한 첫날부터 그는 공양간(절의 부엌)의 도우미를 자청했다고 한다. 그렇게 눌러앉은 시간이 어느덧 일 년. 마리오의 붙임성 있고 부지런한 성품과 전공 덕에 공양간은 활기가 넘친다. 공양간 담당인 일본인 스님들과 손발이 척척 맞을뿐더러 그 와중에 주고받는 요리정보와 살아온 이야기들이 공양간을 훈훈하고 살갑게 달군다.

국적을 초월해 화합과 정성으로 지어낸 이들의 밥은 담백하고 건강하다. 죽이나 잡곡밥에 된장국, 매실장아찌, 절인 무를 기본으로 채소요리 정도가 전부인 간소한 식단이 이곳에서는 성찬이 된다. 수행자에게 있어 밥은 그저 수행을 위해 섭취하는 약인 까닭에 절에서 먹는 밥맛과 의미가 삼례에게는 남다르게 다가왔다. 그러나 매끼 발우공양(식사 후 물과 찬을 이용해 밥그릇을 닦고 그 물까지 모두 마시는 절의 식사법)과 소식을 원칙으로 하는 공양시간이 초보수행자인 삼례에게는 고역이 아닐 수 없었다. 식사 전 올리는 기도의식과 음식을 차례차례 돌리며 나누는 시간은 오래 걸리는 반면, 정작 식사를 하는 시간은 매우 짧기 때문이다. 거의 5분 안에 밥을 해치워야하는 분위기다. 그런데 그보다 고역은 공양시간 내내 무릎을 꿇고 앉아 있는 것이다. 식사를 끝내고 자리에서 일어날 때는 콧잔등에 침을 여러 번 찍어 바르고도 한참을 쩔쩔매야 겨우 일어설 수 있을 정도다. 그러나 식사 전 배고픈 아귀들을 위해 몇 알의 쌀을 준비해두는 그 작은 배려가 얼마나 아름다운지, 눈에 보이지 않는 존재들의 배고픔까지 챙기는 그 작은 마음씀씀이가 얼마나 따뜻한지, 비록 무릎은 저릴망정 밥맛은 덩달아 꿀맛이다.

삼례가 공양시간을 기다리게 되는 또 다른 이유는 공양이 끝나면 펼쳐지는 풍경 때문이다. 그 시간에는 모든 뒷정리가 일사천리로 이뤄지는데, 공양간 담당 스님들이 설거지를 하는 동안 다른 수행자들은 남은 음식들을 거둬들이고 밥상을 접고 밥 먹은 자리를 깨끗이 청소한다. 그런 후에는 공양간 한쪽에 다함께 모여서서 스님들이 설거지한 세간들을 마른행주로 닦고 찬장에 차곡차곡 정리한다. 제각각의 마음들이 모아져 '하나'의 의미를 체감하게 되는 시간, 그때의 힘은 신속하고 알 수없는 기쁨을 동반한다. 그 속에 어우러져 있으면 삼례는 자신의 삶이 새삼 따스하고 풍요로워지는 느낌이다. 가쓰오부시로 국물 내어 국물 맛이 일품인, 왠지 그런 우동 한 그릇이 생각난다.

죽음 대신 얻은
삶의 진리

부코쿠지의 일정은 대부분 참선을 하고 그 외에 예불과 공양, 울력, 스님과의 인터뷰시간으로 이뤄져있다. 새벽4시부터 시작되는 참선은 40분간 정진하고 20분은 각자 행선이나 티타임을 즐기며 휴식을 취한 후 다시 참선을 하는 식이다. 참선방은 먼지 한 톨의 일어남도 선명하게 드러날 듯 정갈하고 고요하다. 공양 때와 마찬가지로 선방에서도 철저하게 지켜야하는 예법이 있는데 가장 인상적인 것은 좌복에 앉을 때다. 처음부터 정면을 바라보고 앉는 게 아니라 반대쪽을 향한 상태로 앉은 다음 몸을 180도로 빙그르 돌려 정면을 향하도록 한다. 참선을 지도하는 스님이 삼례에게 앉는 방법부터 시범을 보인 후 복부 아래쪽을 가리키며 '하트(heart)'라고 한다. 그곳에 마음을 두고 의식을 집중시키라는 얘기다. 이튿날

새벽4시부터 시작되는 참선은 40분간 정진하고 20분은 각
자 행선이나 티타임을 즐기며 휴식을 취한 후 다시 참선을
하는 식이다. 참선방은 먼지 한 톨의 일어남도 선명하게 드
러날 듯 정갈하고 고요하다.

오후 참선시간 중에 지도스님은 법당 뒤에 있는 방으로 삼례와 삼례의 친구를 안내했다. 스님과의 인터뷰시간이었다. 다소 비밀스럽고 신비스럽게 느껴지는 방 앞쪽 중앙에 한 노스님이 앉아 있었다. 그가 바로 이 절의 주지인 담현 스님이었다.

"어쿠, 어째 그리 가부좌를 잘하지!"

노스님의 말투는 무척이나 친근하고 자상해서 꼭 이웃집 할아버지 같았다. 그래서인지 일본어를 몰라도 삼례는 그가 하는 말의 뜻을 대충 이해할 수 있었다. 허물없이 인사를 건넨 노스님은 삼례와 달리 가부좌가 잘 되지 않아 애를 먹는 삼례의 친구를 살피면서 재밌어하는 표정을 짓더니 "힘들면 다리 한쪽을 반대편에 슬쩍 얹어만 놓게"라며 어린 아이처럼 웃었다. 노스님의 인자한 미소와 다정다감한 말투와 개구쟁이 같은 웃음소리가 세파에 거칠어지고 지친 삼례의 마음을 성난 아이 달래듯 살살 어루만졌다.

"너와 내가 각기 다른 둘인 것 같지만 절대 그렇지 않네. 그러니까 네가 기쁘면 내가 기쁘고 네가 아프면 내가 아프게 되는 실상은 그런 것이야. 모든 게 그렇게 연결되어 있지. 하나인 게야……."

노스님은 일본어를 모르는 삼례와 친구를 배려해 간간이 쉬운 영어를 섞어가며 설명을 이어갔다. 인터뷰가 끝날 즈음 삼례는 노스님에게 부코쿠지에 오기 전부터 궁금했던 것에 대해 물어보았다. 출가 전 그의 전직과 관련된 질문이었다. 노스님은 흔쾌히 오래전에 있었던 당신의 사연을 들려주었다. 노스님은 태평양전쟁이 일어난 18살 무렵에 가미가제 특공대원이 되었는데 생애 최후의 술잔을 비우고 막 출격하려던 찰나 천황의 항복 선언으로 살아남게 되었다고 한다. 그런데 당시 산 자의 고통은 죽은 자의 고통만큼이나 큰 것이었다.

"함께 훈련받은 동료들은 이미 하늘나라로 가버렸는데 혼자 살아남았으니, 죽은 사람도 고통스러웠겠지만 살아남은 자의 고통도 어지간한 것이 아니었지. 그때는 차라리 그들과 함께 전사했다면 행복할 것 같았지……."

그런 고통의 날들 속에서 그를 다시 살게 한 건 불가(佛家)와의 인연이었다. 그 인연을 통해 전쟁터에서 버렸을 목숨을 수행에 걸고 출가의 길로 들어선 것이다. 죽음도 불사했던 이가 구도의 여정에서 두려울 건 무엇이었으랴. 전쟁터보다 덜할 것도 없는 구도의 길을 한평생 걸어온 그가 손가락으로 하늘을 가리키고 땅을 가리키고 당신 자신을 가리켰다. 그리고 삼례와 삼례의 친구를 차례차례 가리키며 누누이 강조한 가르침, 그것은 다름 아닌 'ONE'이었다. 죽음 직전에 던져진 삶속에서 평생을 치열하게 수행하며 자신과 싸워 얻은 깨달음을 여든 노승은 그렇게 아무런 대가없이 너무나 쉽게 일러주었다.

미츠코의 앎을
얼마나 공유할 수 있단 말인가

부코쿠지에 도착한 첫날부터 삼례는 운이 좋았다. 그날 저녁예 불시간에 모든 수행자가 스님으로부터 작은 봉투를 건네받았는데 그 속에는 만 엔짜리 지폐가 한 장씩 들어 있었다. 영문을 몰라 어리둥절하는 삼례에게 한 스님이 다가와 운이 아주 좋은 사람이라고 한다.

"일 년에 서너 차례 절에 들어온 보시금을 수행자들과 공평하게 나눠 갖는 날이 있는데 오늘이 바로 그날이거든요."(웃음)

스님의 말마따나 운수가 대통했다. 그러나 절에 도착한지 하루도 지나지 않아 적지 않은 보시금을 나눠받게 됐으니 그 부담감이 만만치는 않다. 형편이 넉넉지도 못한 절에서 출가자와 일반인의 구분도 두지 않고 차등 없이 베풀어 준 보시금이라 그 의미는 더욱 크고 뭉클하게 다가왔다. 부코쿠지에서 그녀를 만난 것도 삼례에게는 작은 행운처럼 느껴졌다. 부코쿠지에 온지 삼일 째 되는 날, 삼례는 자신이 기거하는 작은 골방에서 그녀를 처음 만났다. 두 칸의 실로 나눠진 방 안쪽은 절의 일을 돕고 있는 일본인 노처녀가, 바깥쪽은 삼례가 사용하고 있었는데 그 공간을 이전부터 쓰고 있던 주인이 나타난 것이다. 바로 미츠코였다. 그녀는 선이 또렷한 이목구비에 검은 윤기가 찰랑찰랑 흐르는 머릿결을 길게 늘어뜨리고 기모노를 단아하게 차려입고 있었다. 미츠코가 며칠 집에 다녀온 사이 삼례가 그녀의 방 한편을 차지하고 있었으니 두 사람의 첫 만남은 피차 어색하고 당황스러울 수밖에 없었다.

"방주인이 있는 줄은 몰랐어요. 미안하게 됐어요."

"여기에는 주인이 따로 있지 않아요. 주인이라면 모두가 주인인걸요."

잠자리에 들기 전, 미츠코는 나지막한 목소리로 삼례에게 자신을 소개했다. 무엇보다 그녀는 자신의 엄마를 무척 사랑하는 듯했다. 고향인 교토에 대한 애정과 자부심도 대단해서 삼례가 한국으로 돌아가기 전 교토에 꼭 들러 갈 것을 신신당부했다.

다음날 아침공양시간, 평소라면 잠자리에서 일어나지도 못할 시각에 삼례는 아침식사를 하기 위해 밥상 앞에 무릎을 꿇고 앉았다. 비몽사몽으로 여느 수행자들이 모두 착석하기를 기다리고 있는데, 공양의식을 앞둔 순간 미츠코가 문을 열고 들어섰다. 어느새

단장을 했는지 그녀는 이른 새벽에도 흐트러짐 없이 곱고 단아한 차림을 하고 있었다. 그런데 미츠코가 방 안으로 들어서자, 두어 명의 사람들이 자리에서 일어나더니 그녀를 부축해 빈자리로 안내했다. 미츠코는 시각 장애인이었다. 삼례의 머릿속은 순간 텅 비어진 느낌이었다. 간밤에 미츠코와 한방에 누워 인사를 나누고 제법 긴 대화를 나누면서도 그녀가 시각 장애인이라는 사실을 전혀 눈치 채지 못했다.

공양의식을 치르고 식사를 하는 내내 삼례의 신경은 그녀에게로 쏠려 있었다. 방으로 돌아와 이부자리를 정리하고 세면을 하고 옷을 갈아입는 동안에도 삼례의 시선은 힐금힐금 미츠코에게로 머물렀다. 공양시간 전에 이미 몸단장을 마친 그녀는 자신이 머문 자리와 주변을 정갈하게 정돈하며 청소를 해나갔다. 오랫동안 익숙해진 몸짓이나 결코 서두르는 법이 없이 차근차근 조신하게 온 정성을 기울여 방안의 먼지를 닦아 나갔다. 걸레를 든 손길에 오롯이 마음을 실어 바닥을 닦고, 가구를 닦고, 창문 틈새를 닦고, 심지어는 까치발을 하고는 커튼봉을 어루만지며 청소를 해나가는 모습이 하도 진지하고 정성스러워 삼례는 수행과 다름없는 그 과정을 넋 놓고 바라보았다. 걸레질을 할 때조차 단아하고 반듯한 자세를 잃지 않고 신중하고 성실하게 최선을 다하는 그 모습은 경건한 의식과도 같았다. 그날 밤, 이부자리를 펴고 누운 미츠코가 삼례에게 자신의 엄마에 대한 얘기를 다시 꺼냈다.

"엄마는 내게 최고의 친구이자 스승이에요. 내가 어릴 때부터 엄마는 늘 말했죠. 눈으로 볼 수 있는 건 그리 많지 않다고. 세상엔 눈으로 볼 수

없는 것들이 훨씬 많다고. 내 생각도 그래요. 진짜세상을 보기위해 필요한 건 눈이 아니라 '마음'인걸요."

평생을 '마음의 눈'으로 살아온 미츠코에게 "Right, Right!"하며 맞장구를 실어 보내면서도 삼례는 왠지 모르게 겸연쩍고 민망한 생각이 들었다. 의식과 판단의 눈으로 살아온 내가 하루하루를 몸으로 느끼고 마음으로 체득해 온 미츠코의 앎을 대체 얼마나 공유할 수 있단 말인가…….

노스님의 애장곡
'베토벤 10번 교향곡'

　　예불시간이면 삼례는 눈을 감았다. 예불문을 따라 읽는 대신 그 소리에 집중했다. 북소리를 타고 흐르는 반야심경이 웅장하고도 평온한 파장을 일으키며 온몸을 감싸 안으면, 삼례는 무한한 평안함을 느꼈다. 그저 소리에 몸을 맡기고 눈을 감고 있으면 굳이 애쓰지 않아도 일념(一念)이 되는 시간. 그 순간만큼은 어떠한 번뇌도 망상도 일어나지 않는 듯 했다. 그 뜻을 온전히 이해할 순 없어도 법의 소리에는 분명 묘한 힘이 있는 게 틀림없다.

　　부코쿠지의 예불은 2부로 진행된다. 우선 법당에서 예불을 올린 후 관음전으로 자리를 이동해 다시 예불을 올린다. 그 사이 스님 한 분이 향을 켜들고 관음전 바로 옆에 있는 묘지를 돌며 독경을 한다. 스님의 염불소리가 짙은 향내와 함께 돌탑 구석구석을 흐르며 죽은 자들을 위로하고 인도한다. 산 자와 죽은 자가 한 공간 한 시간 속에 어우러져 공존하는 그 순간이 처음에는 두려움에서 시나브로 평온함으로 바뀌어가는 까닭을 삼례는 알 수 없었다. 다만 그러한 인식 속에서 점차로 커지는 평온함을 느낄 뿐이다.

어느 절에서든 볼 수 있는 그 흔한 불전함도 없는 신성하고 고요한 법당을 오늘 종일토록 차지하고 있는 이가 있다. 동양문화를 전공하는 미국인 대학원생 폴이다. 참선은 물론 채마밭을 일구는 일에도, 뒷간을 청소하는 일에도, 절 뒤편에 우거진 잡풀을 베는 일에도 열성적인 그가 이번에는 법당에서 일본인 스님에게 무언가를 열심히 배우고 있다. 허리를 공손히 굽힌 채로 법당의 끝과 끝을 가로지르며 왔다갔다 하기도하고 무릎을 꿇고 앉아 일본식 인사법을 수차례 반복하며 익히기도 한다. 이른 아침부터 시작된 연습은 그렇게 오후까지 계속되었다.

"우리가 운이 좋긴 좋은 것 같아. 한 스님이 그러는데, 한 달에 한 번씩 노스님을 모시고 마을사람들과 다도를 하는 시간이 있는데 오늘이 그날이라네."

친구의 귀띔에 삼례는 이게 웬 떡인가 싶었다. 그제야 폴이 그토록 열과 성을 다해 배운 것이 무엇인지를 이해했다. 다도를 알리는 종소리가 울리자, 절의 수행자들과 마을사람들이 법당에 모여 커다란 원형으로 둘러앉았다. 차에 곁들일 단 과자가 돌아가는 사

스님 한 분이 향을 켜들고 관음전 바로 옆에 있는 묘지를
돌며 독경을 한다. 스님의 염불소리가 짙은 향내와 함께 돌
탑 구석구석을 흐르며 죽은 자들을 위로하고 인도한다. 산
자와 죽은 자가 한 공간 한 시간 속에 어우러져 공존하는
그 순간이 처음에는 두려움에서 시나브로 평온함으로 바뀌
어가는 까닭을 삼례는 알 수 없었다.

이, 노스님의 맞은편 자리에서 일본인 스님 두 분이 부지런히 말차를 만들어냈다. 드디어 폴이 종일토록 갈고닦은 실력을 발휘할 때가 왔다. 폴은 연습을 할 때와 마찬가지로 조신한 몸짓으로 법당을 가로지르며 예법에 따라 차를 날랐다. 다소 어설퍼 보이긴 해도 그의 몸짓은 감동적이고 아름다웠다. 남의 것을 배우고 이해하려는 노력은 비단 폴뿐만이 아니었다. 과자를 돌릴 때나, 차를 나누고 마실 때도 오랜 절차와 격식이 따르고 무릎을 꿇고 앉아 있어야 하지만 누구하나 자세를 흐트리거나 편히 고쳐 앉는 사람은 없었다.

"노스님께서는 어떤 음악을 가장 좋아하세요?"

다도시간이 얼추 끝나갈 무렵, 자유롭게 차담을 나누던 중에 한 수행자가 노스님에게 이런 질문을 했다. 노스님은 선뜻 '베토벤 10번 교향곡'이라고 답했다.

"가미가제 대원으로 입대해야하는 전날 밤, 방에 앉아 오래된 유성기로 베토벤 9번 교향곡을 들었지. 새벽 두시까지 듣고 또 듣고 반복해서 듣다가 레코드판 커버에 이렇게 썼어. '지금 난 이 음악을 듣고 있다. 아마도 생애 마지막으로.' 하지만 다음날 돌격을 눈앞에 둔 순간 전쟁이 끝나버렸지. 만약 나의 마지막 비행이 하루라도 빨랐다면 자네들과 이 자리를 함께하지도 못했겠지……. 집으로 돌아와 보니 그 레코드판은 내가 둔 자리에 그대로 있었고 커버에 쓴 글귀도 그대로였어."

그러나 노스님은 그 음악을 다시는 듣지 않았다고 한다. 전쟁이

끝난 후 한 비구니 스님과의 인연으로 동경의 절에서 선(禪)을 배우게 됐는데 처음 절에 다녀온 날 이후로 음악을 들을 이유가 없어진 것이다.

"그때 처음으로 염불을 들었는데 그 뜻을 알 순 없었지. 그러나 그 소리가 내가 찾던 소리란 걸 알았어. 집으로 돌아가는 길에 비가 내렸는데 빗물보다 눈물이 더 걷잡을 수 없이 쏟아졌지. 그 후로는 더 이상 클래식음악을 듣지 않았네. 베토벤의 음악은 강렬하지만 침묵은 더욱 강렬하지. 그게 바로 베토벤 10번 교향곡이야."

노스님의 이야기가 끝나자 잠시 침묵이 흘렀다. 삼례가 부코쿠지를 떠나기 전날 오후, 깜짝 선물과도 같은 다도시간에 노스님에게 덤으로 선사받은 '베토벤 10번 교향곡'. 그 음악선물의 감동은 그야말로 강렬했다.

4장

하수구 속
중생들을 위한
요리법
─다람살라 1편

Dharamsala

티베트 망명자들의 애환을 함께하는 발렙과 버터차

우기 직전의 마른하늘을 푸드덕 날아오르며 울어대는 까마귀 소리에 온 동네 개들이 순번이라도 정한 듯 돌아가며 짖어대는 소리가 아침을 연다. 길가의 차들이 쉼 없이 눌러대는 클랙션 소리와, 이 골목 저 골목을 돌아다니며 부지런을 떠는 잡상인의 소리가 화음을 보태는 아침. 무엇을 파는지는 알 수 없으나 아마도 "싱싱한 야채가 왔어요" 내지는 "계란이 왔어요~" 정도가 아닐까라고 비몽사몽에 유추하다보니 삼례의 천근같던 눈꺼풀도 단박에 떠지고 말았다. 이곳에서의 아침은 도무지 조금의 늦잠도 허락하지 않을 기세다. 게다가 이번에는 쾅쾅 이집 저집의 문을 두들기며 팔리어(부처님이 설법할 때 사용한 인도 평민계층의 언어)로 염불하는 탁발승의 소리가 가세한 바람에 이른 아침의 단잠이 멀찍이 달아나 버렸다.

여기는 멀리 히말라야 설산이 보이는 고산마을. 그래서인지 삼례의 손발은 움직거리기가 거북스러울 만큼 부어 있다. 이틀 전 델리에서 12시간을 달려 이곳에 도착한 이래로 고요와 휴식을 원하는 몸이 여독에서 벗어나지 못해 불만을 토해낸다. 하지만 창문커튼을 젖히는 순간, 삼례의 마음은 이내 평화로운 포만감으로 여유롭고 안락해졌다.

이곳은 마치 작은 스위스 같다. 창문 너머로는 '포사간지'라는 아기자기한 산마을이 그림처럼 펼쳐져 있고, 맞은편에서 바라본 이쪽의 풍광 또한 그러하리라. 삼례가 있는 이곳은 인도 안의 작은 티베트, 다람살라다. '관세음보살의 화신'으로 불리는 달라이라마와 티베트 망명정부가 있는 곳. 중국의 침략으로 나라 잃은 티베트 망명자들의 애틋한 둥지이며 개인적으로는 삼례가 오래 전부터 꼭 한번 와보기를 소망했던 바로 그곳이다.

삼례는 창문 밖 풍경에 잠시 넋 놓고 앉아 정신을 챙기다가 서둘러 아침식사를 준비했다. 이곳에서의 아침메뉴는 당분간 고심할 필요가 없게 됐다. 한국을 떠나올 때 삼례는 사실 여행자로서는 적잖이 무식한 짓을 했다. 먼 길 떠난다고 몇몇 지인들이 챙겨준 햇반에, 뜨거운 물만 부으면 곧바로 완성되는 초간편 국거리에, 티베트 스님들에게 무척 인기가 좋다고 해서 보시용으로 준비한 한국산 믹스커피와 라면에 된장까지, 공항에서 백 불에 가까운 추가 운임을 지불하면서까지 그 어마한 양의 짐들을 이곳까지 끌고 온 것

이다. 비록 고생스럽긴 했지만 삼례는 미역국, 북엇국, 배추된장국 등 분말로 압축된 국거리만큼은 챙겨오길 잘한 것 같다고 생각했다. 간편한 방법으로 아쉬운 대로 고향의 맛을 느낄 수 있으니 여간 신통하고 고마운 게 아니다. 걱정 어린 잔소리와 함께 노모가 주섬주섬 챙겨 넣은 무장아찌를 차마 뿌리치지 못한 것도 잘한 일이라는 생각이 든다. 뜨거운 물에 분말로 만들어진 국거리를 풀어서 밥을 폭폭 말아 짭조름한 장아찌를 곁들여 먹으면 이국의 향신료와 기름진 음식에 슬슬 언짢아지던 배가 넙죽 절이라도 하는 듯하다.

아침밥을 챙겨먹은 후 삼례는 롭상 스님을 찾아갔다. 그는 삼례가 투숙하고 있는 숙소인 라뙤라랑의 주지다. 라뙤라랑은 남인도에 있는 '라뙤'라는 티베트사원에서 공부한 10대의 어린 린포체와 롭상 스님이 함께 운영하는 곳이다. 절에서 운영하는 여느 게스트하우스처럼 방값이 저렴하고 깨끗한 편이라 미리 예약하지 않으면 빈방을 구하기가 쉽지 않지만, 운 좋게도 삼례는 성수기에도 불구하고 라뙤라랑에서 가장 전망 좋은 방을 차지하게 됐다. 게다가 다람살라에 도착한 첫날부터 달라이라마의 법문을 들을 수 있는 기회도 생겼다. 인도인과 중국인의 요청으로 마련된 중도(中道)에 관한 법문으로 오늘이 3일째 되는 마지막 날이라는 정보를 롭상 스님으로부터 전해들은 것이다.

다소 무뚝뚝해 보였던 첫인상과 달리 롭상 스님은 세심하고 배려심이 깊은 분이다. 한국의 초간편 인스터트식품으로 이미 아침 식사를 마쳤으리라고는 짐작도 못한 스님이, 절로 향하기 전 삼례에게 티베트빵인 발렙과 버터차 한잔을 권한다. 티베트 망명자들이 아침용 주식으로 애용하는 밀가루빵 발렙은 모양도 그러하지만 맛도 참 덤덤하다. 그러나 이들에게는 매일 먹어도 질리지 않는 구수하고도 속 든든한 우리네 밥맛과도 같을 일이다. 짭짤하면서도 고소한 버터의 맛과 향이 감도는 버터차 또한 이방인의 단순한 입맛으로 논하기는 역부족일 것이다. 오랜 세월동안 춥고 척박한 고산의 생활로부터 티베트 민족의 건강을 지켜준 버터차는 이곳 망명자들에게 있어서는 타향살이의 시름과 향수를 달래주는 위안의 차인 것이다.

자신을 이롭게 하는
가장 큰 자긍심, 이타심

욕심을 앞세우는 것은 역시 좋지 못하다. 롭상 스님과 그의 도반인 따시 스님이 폭신한 방석까지 깔아 마련해 준 자리에 다소곳이 앉아 기다리면 될 것을 삼례는 사람들의 술렁거림에 갑자기 욕심이 생겼다. 좀 더 가까운 거리에서 달라이라마를 친견하고픈 마음에 자리에서 일어나 사람들이 술렁이는 쪽으로 향했다. 그런데 웬걸, 붉은 가사를 걸친 달라이라마는 그 반대편에서 모습을 나타냈고 삼례가 처음 앉아있던 자리 근처에까지 걸음을 옮겨 사람들에게 환한 미소로 화답한 후 법당 안으로 들어갔다.

달라이라마의 법문이 시작되고부터는 경내 구석구석에까지 자리를 메운 사람들이 그를 기다릴 때보다도 더욱 조용하고 진중한 자세로 법문에 경청했다. 티베트어를 모르는 삼례는 오래 전 인도

4장 | 하수구 속 중생들을 위한 요리법 — 다람살라 1편

에서 달라이라마를 만나고 온 도올이 자신의 저서에서 달라이라마의 목소리를 '칼라빙카'라고 하는 극락에 사는 전설의 새에 비유했던 대목을 기억해내고는, 굵직하고도 남다른 카리스마가 느껴지는 그의 음성에 집중했다. 그런데 아까부터 소형라디오처럼 생긴 기계를 만지작대며 요리조리 주파수를 맞추던 롭상 스님이 삼례에게 이어폰을 건넸다.

"……내가 인식하는 외부대상들은 나의 업(業)과 습기(習氣)에 의해 현현될 뿐, 외부에 독립적으로 존재하는 대상은 없습니다. 객체와 주체가 따로 있어 독립적으로 존재하는 것처럼 보이지만, 여실히 관찰하고 분석하면 존재의 진실한 실체를 알 수 있습니다. 잘못된 존재에 대한 집착과 아집으로 분노와 슬픔 등 다양한 마음이 일어나지만 인무아(人無我)에 대한 수행을 하면 줄어듭니다. 실체에 대한 근본적인 인식과 체득을 통해 나라는 아집이 줄면서 번뇌가 줄어들지요. 나라는 실체는 존재하지 않습니다……."

달라이라마의 법문내용이 한국어로 통역되어 이어폰을 타고 흘러나왔다. 티베트 승려인 롭상 스님과 따시 스님이 법당과 가까운 자리를 마다하고 굳이 'KOREA'라고 써진 구역에 자리 잡은 까닭을 삼례는 그제야 이해했다.

달라이라마는 불교학파의 여러 입장과 경전들, 인도와 티베트의 큰 스승들과 중국 선사들의 다양한 이야기를 통해 존재의 방식과 실체, 마음의 본성에 대해 설명했다. 그는 여러 인용과 예제를

통해 존재와 마음의 이치를 최대한 쉽게 설명하기 위해 애썼다. 정신과 의사, 과학자, 수행자 등 당신의 지인들의 경험담을 들려주며 외부대상을 비롯한 자아와 마음에 대한 잘못된 인식들, 그리고 번뇌와 무명에서 벗어나게 하는 공(空)사상의 중요성과 어느 한쪽으로 치우침이 없는 수행, 곧 지혜와 방편, 공성과 자비심에 대해서도 차근차근 설명을 이어갔다. 그리고 마침내는 보리심! 보리심에 대한 이야기를 꺼냈다.

"보리심만큼 큰 자긍심은 없습니다. 보리심은 타인을 위하고 이롭게 하려는 마음인데, 쫑카파 대사(달라이라마가 법맥을 잇고 있는 황모파의 초대 수장)는 보리심이 오히려 나 자신을 이익 되게 하는 가장 수승한 마음이라고 했습니다. 이타심이야말로 우리에게 진정한 행복과 삶의 의미와 가치를 알게 합니다. 이러한 지혜와 방편, 보리심과 자비심을 공부하면 어느 순간 마음이 청정해짐을 느끼게 되고 여러 가지 공덕이 따릅니다. 그러니 보리심을 실천하고 수행하는 것은 누구에게나 무척 중요합니다."

무상(無常)을 영원으로, 고통을 즐거움으로, 무아(無我)를 아(我)로, 더러움을 깨끗함으로 오인하는 우리의 어리석음. 이러한 무명으로 인해 고통과 업과 윤회를 반복하는 중생은 그것에서 벗어날 수 있음에도 불구하고 자처하며 살고 있기에, 한편 이러한 인식을 통해 중생에 대한 자비심을 더욱 크게 일으킬 수 있음을 달라이라마는 역설적으로 설명하며 보리심의 중요성을 강조했다. 달라이라마의 법문은 종교적 차원을 넘어 존재와 자아에 대한 본질과 이해, 평화로운 삶의 방식과 통찰, 진리에 대한 내용들이었다. 삼례에게 그의 이야기는 마치 시계의 속을 들여다보듯 흥미롭고도 명쾌했다. 정교하고 정밀하게 조합된 부품들을 하나하나 살피며 그 구조와 조화의 원리를 이해하여 '시계'라는 물건의 안팎을 온전히 알아가는 과정과도 같았다.

법문이 끝나자 경내는 다시 조용히 술렁이기 시작했다. 달라이라마가 법당에서 나와 당신의 거처로 이동하는 사이, 앞자리에 앉아있던 서양인들 몇몇이 자리에서 일어나 까치발을 했다. 그새 이타심을 까맣게 잊어버린 그들을 향해 잠시 후 어디선가 날아드는 이구동성의 외침들.

"씻 따운(Sit down)! 씻 따운(Sit down)!"(웃음)

뒷자리에 앉아 조용히 자리를 지키고 있던 티베트 할머니들, 노란 머리 이방인들의 말을 용기 있게 내지르고 보니 다소 멋쩍었든지 깔깔깔 웃음보를 터트리면서도 연방 귀여운 경책을 날린다.

4장 | 하수구 속 중생들을 위한 요리법 ─ 다람살라 1편

하수구 속
중생들을 위한 요리법

　　주로 장기 투숙하는 여행객과 망명 티베트인들이 세 들어 사는 라뙤라랑은 다람살라의 여느 게스트하우스처럼 손님들에게 식사를 제공하지 않는다. 그런데 언제부터인가 삼례는 객이 아니라 이곳 식구가 된 것 같았다. 돌이켜보니 인도의 북부마을 데라도에서 도야 할아버지네가 온 이후부터다. 이곳 주지인 롭상 스님과 그의 조카 잠양이 식사시간에 종종 삼례를 초대하는 일은 있었지만, 도야 할아버지네가 도착한 이후 그의 두 손녀인 소마와 돌마가 부엌일을 맡고부터는 으레 그들과 식사를 함께해야하는 한 가족이 된 것이다.

　　미안하기도 하고 부담스러운 마음에 삼례가 아침 잠에서 일부러 깨어나지 않으면 소마와 돌마는 버터차가 담긴 보온병과 찻잔,

딸기쨈이 담긴 병, 그리고 따끈한 온기가 식을세라 천으로 꽁꽁 감싸놓은 발렙을 식탁위에 올려둔다. 한쪽 벽을 허물다가만 오래되고 낡은 건물 안에 부엌과 식당이 있는데, 그곳 중앙에 놓인 커다란 식탁에 앉아 커피 한잔으로 정신을 차리려다 마주하게 되는 두 소녀의 정성어린 아침밥은 입맛이 없어도 먹을 수밖에 없는, 꼭 엄마의 밥 같다. 가족의 정 같은 것이 뭉클하게 올라와서, 삼례는 마시기만 하면 배탈이 나는 버터차도 찻잔가득 따라 마시고 무덤덤한 밀가루 맛이 도통 입맛에 맞지 않는 발렙도 한 반대기나 꾸역꾸역 입안에 밀어 넣는다.

롭상 스님과는 먼 친척이 된다는 도야 할아버지는 여든을 넘긴 나이가 믿어지지 않을 만큼 건강한 체력과 혈색을 자랑한다. 매년 다람살라에서 한철을 나고 데라도로 돌아가는 그는 대학생과 간호사로 객지에 나가 있는 소마와 돌마를 이곳에서 만나 단란한 한때를 보내곤 한다. 24년 간 군인으로 복무하면서 평생을 독신으로 산 그에게 두 손녀는 실은 먼 친척이 된다. 그러나 이들의 가족애는 남달라서 소마와 돌마는 식사를 할 때도, 잠자리에 들 때도, 매일아침과 저녁에 티베트 경전이 보관된 티베트 도서관을 돌며 기도를 하러 갈 때도 할아버지를 끔찍이 챙긴다. 눈에 넣어도 아프지 않은 자식처럼 두 손녀에 대한 할아버지의 사랑 또한 부모 못지 않다. 그도 그럴 것이 소마와 돌마는 어린 나이에 부모와 떨어져 인도로 망명 왔고, 먼저 인도로 망명 온 도야 할아버지의 손에 길러졌다.

말하자면 도야 할아버지는 두 소녀의 부모인 셈이다.

부모와 헤어져 인도로 망명 온 티베트 아이들의 사정은 대부분 이와 같다. 중국의 점령 하에 있는 티베트에서는 제대로 교육을 시킬 수 없기 때문에 티베트의 많은 부모들이 위험을 무릅쓰고 생이별을 하고서라도 자식들을 설산 너머로 떠나 보낸다. 그렇게 떠나온 이들이나 떠나 보낸 이들은 한평생 그리움을 가슴에 묻고 살아간다. 그러니 사돈에 팔촌이 되는 먼 친척도 한고향 사람이나 이웃 사촌도 이곳에서는 모두 '가족'이다.

오늘 점심, 롭상 스님은 데라도의 가족과 삼례를 위해 요리 실력을 발휘할 계획이다. 티베트 사원에서는 스님들이 일 년씩 돌아가며 공양주(절에서 밥을 짓는 사람)를 하기 때문에 대부분의 티베트 스님들은 요리에 능숙하다. 조리시간이 가장 오래 걸리는 '달'을 요리하기 위해 롭상 스님은 녹두가 담긴 압력솥부터 불 위에 안친다. 그런데 한쪽에서 일손을 돕던 그의 조카 잠양이 야채를 삶아낸 물을 바로 하수구에 버려 스님으로부터 꾸지람을 듣는다. 뜨거운 물을 버릴 때는 물이 식은 후에 버려야 하수구 속에 기생하는 벌레들이 다치거나 죽는 일이 없는데 잠양이 그 사실을 깜빡 잊은 것이다. 작은 벌레도 우리와 같은 '중생'이라는 사실을 충분히 인식하게 될 때까지 잠양은 앞으로도 그런 스님의 잔소리를 종종 듣게 될 것이다.

드디어 요리가 완성되어 온 가족이 식탁에 둘러앉았다. 롭상 스님은 평소 사용하던 스테인리스 접시를 걷어 들이고 벽장에 고이 보관해 둔 사기접시를 꺼내왔다. 한국의 된장국처럼 구수한 맛이 일품인 달에, 각종 채소를 기름에 볶아 만든 요리인 최마가 두 가지나 곁들여지고 소마와 돌마가 아래시장에서 사온 커드(curd)에 과일을 잘게 썰어 넣고 만든 요구르트까지 후식으로 준비됐다. 하수구 속 중생들의 안전까지 개량해가며 만든 요리는 과연 어떤 맛일까? 모르긴 해도 적어도 이 세 가지가 적당량 배합된 맛이 아닐까? 자비와 평등, 평화의 맛!

소자메는
다만 맛있을 뿐이다!

삼례가 그 참혹한 광경이 담긴 포스터를 발견한 것은 쎄최링 사원으로 향하는 길목에서 였다. 전날, 티베트 본토 동부에서 20대 초반의 건장한 청년 두 명이 분신한 사건을 보도하는 내용이었다. 두 청년의 살아생전 모습과 화염에 휩싸인 채 티베트의 독립을 외치는 모습, 불길이 사그라진 후 시커먼 재덩이가 되어 쓰러져 있는 모습 등 여러 장의 사진 속에 담긴 청년들의 모습은 처참하고도 참혹했다. 한 청년은 그 자리에서 즉사했고, 또 한 청년은 심각한 중상을 입어 살아날 가능성이 희박하다는 내용을 더불어 소개하고 있었다.

이러한 참사는 비단 이번 일만이 아니다. 2009년 2월, 한 스님의 소신공양(燒身供養, 자신의 몸을 태워 바치는 일)을 시작으로 계속 이어지고 있고 최근들어 희생자의 수가 급격히 증가했다는 보도가 있다. 현재 티베트의 상황은 그만큼 참담하다. 1950년에 중국이 티베트를 침공한 이래 티베트 국민들은 중국정부의 통제 하에 자유를 억압 받아왔고 정치적 발언을 한 이들의 무차별적 사형과 고문으로 신음하고 있다. 이러한 억압에서 벗어나고자 한해 오천 여명에 이르는 티베트인들이 인접국가인 네팔과 인도로 목숨 건 탈출을 시도하고 있고, 현재 인도 전역에 거주하는 티베트 난민의 수는 십만 명에 이른다고 한다. 티베트의 상황이 달라지지 않은 한 분신 희생자의 수는 계속 늘어날 것이다.

속속들이 이어지는 고향소식에 이곳 망명자들의 기도와 염원은 더욱 간절해지고 애처롭다. 다람살라의 가장 번화한 거리인 맥클로드간지는 두 청년의 소식에 이미 술렁이고 있었다. 자유로이 돌아갈 수 없는 조국의 독립과 평화를 위해, 그곳에 남겨진 가족과 이웃들의 안전을 위해 사원의 스님들과 청년들, 외국인 관광객들이 촛불을 밝혀들고 거리행렬을 준비하고 있었다. 곧이어 티베트 국기와 무저항 비폭력의 상징인 간디와 달라이라마의 사진을 앞세운 청년들이 선두로 나섰고, 그 뒤로 중국정부의 만행으로 희생되었거나 분신한 이들의 사진과 "Free Tibet"를 외치는 촛불 행렬이 이어졌다. 한편 달라이라마의 관저와 남걀 사원을 둘러싼 기도의 길, 코라에서는 TCV(Tibet Children Villege)의 고등학생들이 노란 천에 곱게 싼 경전을 받쳐 들고 분신 희생자들을 추모하는 의식을

진행했다.

예정보다 늦게 쎄최링에 도착한 삼례는 지인의 심부름으로 알게 된 덴두 스님과 그의 도반인 라왕 스님을 만났다. 건강상의 문제로 다람살라의 병원에서 치료받기 위해 남인도 사원에서 온 덴두 스님의 방에는 티베트의 고향 친구들이 방문해 있었다. 스님이 손님 접대를 위해 평소 자신이 좋아하는 음식을 준비하는 동안, 그의 한 친구가 삼례에게 한국의 분단 상황에 대해 이런저런 질문을 해 왔다. 자신이 태어나기 훨씬 이전의 일이지만 삼례는 노모로부터 일제치하시대와 6·25전쟁 때의 경험담을 종종 듣곤 했다. 그 시절이나 현재 티베트의 상황이 크게 다를 게 없어서인지 정치 망명자인 그와 삼례의 대화에는 많은 말을 주고받지 않아도 충분한 교감이 오갔다. 세계 유일의 분단국가로 지난 날의 고통을 여전히 짊어지고 있는 한국의 상황을 돌이켜보면서 삼례는 새삼 우울해졌다. 이야기가 무릇 독도문제와 반일감정으로 이어질 즈음, 방 한편에서 저녁밥을 짓느라 분주했던 덴두 스님이 토마토스프를 곁들인 '소자메'라는 음식을 완성해 내왔다.

"스님은 왜 하필 중국음식을 좋아하세요? 중국이 싫지도 않으세요?"

삼례가 덴두 스님에게 불쑥 이런 말을 한 것은, 소자메가 중국국수로 요리한 중국요리라는 설명을 듣고 나서 였다.

"우리를 힘들게 하는 건 중국정부지 중국음식은 아니잖아요. 예전에 이곳 티베트인들이 중국산 물건을 사용하지 말자며 불매운동을 하고 중국산 물건을 부순 적이 있었어요. 그때 달라이라마가 말씀하시길, 중국정부에 문제가 있는 것이지 중국인들도 좋은 사람이니 우리의 친구로 받아들여야 된다고 하셨죠. 그리고 중국 것이라고 해서 좋은 물건도 사용하지 않고 맛있는 음식도 먹지 않으면 우리만 불편하고 손해 볼 뿐, 중국이 손해 볼 건 없다고 하셨죠."

소자메는 양파와 토마토를 무르도록 볶아 만든 소스에, 익힌 콩과 당근 등의 채소와 치즈를 넣어 요리한 중국식 국수요리다. 크림 스파게티처럼 고소하고 맛있다! 티베트의 무고한 생명과 자유를 짓밟는 잔혹한 중국의 음식이 아니라, 소자메는 다만 이런 음식이었다. 이제야 삼례는 이 음식을 제대로 이해하게 됐다.

붓다가 될 거야,
중생들의 행복을 위해

'기쁨이 배인 법의 정원'이라는 뜻을 지닌 가댄최링은 다람살라에서 가장 오래된 아니 곰파다. 이곳에서는 불교철학은 물론 티베트의 문화와 역사, 영어를 교육하고 있다. 티베트 사람들은 사원을 '곰파'라 하고 여성 출가자들을 '아니'라고 일컫는데, 가댄최링에는 16살에서부터 90세가 넘은 고령에 이르기까지 다양한 연령층의 아니들이 한 가족처럼 의지하며 살고 있다. 네팔을 비롯한 히말라야 지역과 한국, 대만, 싱가폴 등에서도 티베트 불교를 배우고자 찾아오는 이가 있고, 더러는 아예 아니로 출가한 서양인들도 있다.

가댄최링은 티베트 불교의 4대 종파 중 겔룩파의 창시자인 쫑카파 대사 때부터 존재한 티베트의 세라사원에 그 기원이 있다. 그 절 안에 가댄최링이 있었다. 남인도를 비롯해 다람살라에 세워진 티베트 사원들은 이와 같이 티베트 본토에 있는 사원에서 그 이름을 따왔다. 아침 5시부터 시작되는 가댄최링의 일정은 기도와 수업, 논쟁으로 짜여 있다.

"나는 붓다가 될 거야, 붓다가 될 거야, 붓다가 되어 생명 있는 모든 중생들을 도울 거야…… 그들의 고통과 불행과 악업까지 짊어질 거야……."

매일 아침과 오후에 다함께 모여 기도를 올리는 시간에는 그 어떤 진수성찬으로도 채워질 수 없는 마음의 안식과 자비의 기운을 배불리 섭취할 수 있다. 티베트 아니들의 맑고 청아한 염불소리가 세상 그 어떤 음악보다 감미롭고 아름답게 느껴지는 까닭은 그들의 기도가 내가 아닌 남을, 우리를, 일체중생을 위해서이기 때문이리라.

저녁공양을 마치고 밤9시까지 이어지는 하루의 마지막 일정은 '논쟁'이다. 이른바 '딱셀'이라고 하는 논쟁은 티베트 불교에서만 볼 수 있는 독특하고도 흥미로운 공부법이다. 한 사람은 앉고 다른 한 사람은 일어서서 서로 따지듯 묻고 답하기를 반복하는데, 이를테면 찰나로 변해가는 느낌을 '무상(無常)'이라고 한다면 그러한 정의가 과연 맞는지, 정말 그러한지를 경전에 근거하여 질문과 답을 주고 받으며 알아가는 것이다. 이외에도 존재, 마음, 사물 등 경전에 제시된 여러 정의를 이같이 의심하고 확인하는 속에서 막연

했던 의미를 되새기고 자기화하면서 명확하게 이해해 간다. 말하자면 논쟁은 문수보살의 지혜를 닦기 위함으로 논리적 추론을 통해 무지와 무명을 없애고 지혜를 계발하고 성장시키는 훈련이라고 할 수 있다. 그래서 논쟁을 할 때는 지혜의 상징인 문수보살의 진언을 암송한다. 한편 논쟁을 할 때 서 있는 사람의 동작을 주목할 필요가 있다. 그 동작에는 중생들을 위한 서원이 담겨있는데 한 손을 높이 들어 박수를 치면서 아래로 내리는 것은 일체중생이 삼악도에 태어나지 않도록 그 문을 막겠다는 의미이고, 내린 손으로 염주를 끌어올리는 시늉을 하는 것은 일체중생을 구하겠다는 의지를 나타낸다. 애초에는 두 사람이 마주앉아 명상을 하다가 대화를 나누는 방식이었는데 쫑카파 시대에 이처럼 변형되었다고 한다. 이러한 역사에서도 티베트 불교가 철저한 자비심과 보리심을 강조하고 있음을 알 수 있다.

한시도 놓을 수없는 고향에 대한 걱정과 그리움으로 인해 이곳 망명자들은 마음과 육신의 병을 앓곤 한다. 자유와 불법을 갈구하여 목숨 걸고 고향을 떠나왔지만, 그것이 억압되고 짓밟힌 고향 소식에 한시도 마음 편할 날 없는 망명지에서의 삶이 오늘 하루도 어스름한 저녁하늘 아래 저물어간다. 가댄쵀링의 한편에 공사 중인 콘크리트 건물더미 위에서는 논쟁이 한창이다. 온몸으로 치열하게 불법을 갈고닦는 이 시간에는 망명 생활의 고단함은 찾아볼 수

'기쁨이 배인 법의 정원'이라는 뜻을 지닌 가댄최링은 다람
살라에서 가장 오래된 아니 곰파다. 이곳에서는 불교철학
은 물론 티베트의 문화와 역사, 영어를 교육하고 있다. 티베
트 사람들은 사원을 '곰파'라 하고 여성 출가자들을 '아니'
라고 일컫는데, 가댄최링에는 16살에서부터 90세가 넘은
고령에 이르기까지 다양한 연령층의 아니들이 한 가족처럼
의지하며 살고 있다.

없다. 불모의 땅에서도 수 천 년의 전통과 자비의 서원을 이어가는 아니들의 몸짓이 바람에 유연한 억새의 춤사위 같기도 하고, 히말라야 너머로 비상하는 새들의 날개 짓 같기도 하다.

먹는 것, 가진 것,
나누는 것에 대하여

볕 좋은 일요일 오후, 밀린 빨래를 빨아 널기에 햇볕도 바람도 제격인 날이다. 오늘은 빡빡한 일정에서 벗어나 자유로이 시간을 보낼 수 있는 휴일이라, 한 사원 한 방에서 동고동락하는 라모와 참쎄는 근처 계곡으로 빨래를 하러 가기로 했다. 사원 내 물 사정도 여의치 않은지라 이른바 빨래원정을 나서기로 한 것이다.

모처럼 나들이를 겸해가는 외출이니만큼 빨래감 외에도 챙겨 갈 것이 있다. 라모는 빨래가 마르는 동안 바위에 걸터앉아 목을 축일 음료수와 간식거리가 있는지 주위를 두리번거려 본다. 마침 엊그제 특별 기도가 있었던지라 방 한쪽에는 법당에 올린 후 나눠 받은 공양물들이 있다. 캔 음료수에 과자도 있고 보릿가루에 버터를 섞어 넣고 동글동글 빚어 만든 짬빠도 넉넉하다. 이번 짬빠는 티베트식 음력에 맞춰 부처님이 특별한 행(行)을 한 날을 기념한 기도의식에 올린 공양물이다. 그래서 평소 때보다 특별하다. 각종 견과류에 색색의 젤리까지 섞어 넣어 맛도 모양도 한층 화사하다. 짬빠를 비롯해 법당에 올린 각종 공양물들은 이곳 사원에 머물고 있는 160여명의 수행자들에게는 배가 출출할 때 혹은 입이 궁금할 때 요긴한 먹거리가 된다.

사실 오늘 같은 휴일에는 따뜻한 국수 한 그릇이나 티베트 만두인 모모로 간소한 외식을 할 법도 한데 라모와 참쎄에겐 어림도 없는 얘기다. 사원의 음식 사정도 예전과 달리 넉넉하고 풍족해져서 굳이 그럴 일도 없지만 허투루 용돈을 쓸 만한 여유도 없다. 일주일에 두세 번, 기도시간 중에 공평하게 나눠받는 몇 루피의 보시금은 꾸준히 아껴 모아 요모조모 긴히 써야 할 데가 많다. 몸이 아플 때 약을 구하는데도 필요하고 일 년에 한번 있는 겨울철 방학 때는 추위를 피해 보드가야나 남인도로 내려가 머물다올 여비로도 사용해야 한다. 그만큼 다람살라의 겨울은 뼈 속 깊이 춥다. 더구나 난방이 전무한 낡고 오래된 사원에서의 겨울나기란 웬만해선 추위를 타지 않는 사람이 아니고서야 견뎌내기 힘들다.

빨래 원정을 나서기 전, 점심배식을 알리는 종소리가 울린다. 오늘 점심은 참쎄가 배식을 받아올 차례다. 이들이 머무는 가댄최링은 오랜 설립연도 만큼이나 시설이 낙후되어 수행자들이 다함께 모

여 식사할 수 있는 공간이 따로 마련되어 있지 않다. 그래서 공양간 앞에서 배식을 받아 각자의 방에서 식사를 한다. 고참인 라모가 빨래에 필요한 도구를 챙기는 동안, 몸놀림이 날쌘 참쎄가 금세 공양간을 다녀왔다. 평소에도 그러한 편이지만 식사메뉴는 단출하다. 자유시간이 허락된 일요일에는 사원 밖으로 외출을 하는 아니들이 많고, 공양간 담당자들도 그 하루만큼은 자신의 소임에서 자유롭고 싶은지라 메뉴는 더욱 간소해진다. 그래도 그렇지, 오늘메뉴는 꼭 피난민들의 밥 같다. 하긴 다람살라를 비롯해 인도 곳곳에 거처하고 있는 티베트인들의 처지가 피난민이 아니던가. 이곳 티베트인들의 대다수는 목숨을 걸고 눈발서린 히말라야를 넘어 고향땅을 떠나온 눈물겨운 기억들을 엊그제 일처럼 생생하게, 혹은 꿈결이었나 싶게 아련하게 저마다의 가슴깊이 간직하고 있다. 라모와 참쎄의 사정도 다를 바 없다. 피난 당시 생사를 건 설산의 추위와 허기와의 싸움을 떠올려보면 머리를 맞대고 의좋게 나눠먹는 멀건 스프 한 그릇도 이들에게는 그저 감사하고 귀한 공양일 따름이다.

점심공양을 마친 후 라모와 참쎄가 서둘러 향한 곳은 '바숙'이다. 다람살라에서 유일하게 야외수영장이 있고 맑고 깊은 히말라야 계곡이 시원하게 펼쳐진 명소다. 수 킬로미터를 따라 펼쳐진 계곡도 그러하지만 그 속에서 물장구를 치거나 빨래를 바위에 널어 말리며 오순도순 이야기를 나누는 사람들의 모습이 장관을 이룬다. 무거운 빨래감을 들고 밑창이 닳을 대로 닳은 조리를 끌고도

잰 걸음으로 먼저 도착한 라모와 참쎄는 그새 빨래를 시작했다. 해가 누그러질세라 손놀림이 바쁘다. 그런 와중에 인도의 한 아이가 라모에게 다가가 그녀의 옷자락을 당기며 구걸을 한다. 주머니를 뒤져봐도 줄 것이 마땅치 않자, 라모는 짧은 축원과 함께 아이의 머리를 쓰다듬고 보듬어준다. 돌아서는 아이의 표정이 동전 몇 푼을 얻은 것보다 뿌듯하고 행복해 보인다. 어쩌면 아이가 진정 바란 것도 먹거리나 동전 따위만은 아니었는지 모른다.

가난하지만 넉넉한 마음을 자비롭고 지혜롭게 나눌 줄 아는 티베트의 아니들. 히말라야 계곡의 너럭바위에 앉아 그들의 빨래가 얼추 마르기를 기다리는 동안 삼례의 머릿속에는 소문난 맛집을 찾아다니던 기억이며 하나라도 더 갖기 위해 애쓰던 일들이 떠올려졌다. 한편 물질보다 값지고 귀한 것이 자신에게도 있을지 모른다는 생각이, 그리고 그것이 어쩌면 남들과 나누기에 더욱 적절하고 가치 있는 것인지도 모른다는 생각이 스쳐갔다.

빠시 아저씨의 차는
어찌 그리 부드럽고 달콤했나?

달라이라마를 비롯해 수많은 린포체들의 환생을 믿고 있고 그러한 전통 속에서 세계에서 유례없는 신비하고도 독특한 문화를 지켜온 티베트인들의 사고는 의외로 현실적이고 실용적이다. 옷은 몽골이 좋아 몽골식으로 입고, 음식은 중국이 맛있어서 중국식으로 해먹으며, 종교는 불교가 좋아 인도에서 가져왔다는 말이 있을 정도로 예부터 티베트 문화는 다른 나라의 문화를 수용하는데 선입견이 없고 적극적이다. 다만 그것을 받아들일 때 자신들에게 이로운지 이롭지 않은지에 대한 문제를 중시한다. 그래서인지 인도로 망명한 티베트인들의 짜이에 대한 사랑은 그들의 전통차인 버터차에 결코 뒤지지 않는다. 인도의 전통차인 짜이는 인도인들 못지않게 다람살라의 티베트인들 사이에서도 언제나 즐겨 마시는 대

중적인 차로 사랑받아왔다. 인도의 기후와 환경에서는 고산의 추위로부터 몸을 보호하는 버터차보다는 짜이가 제격일 테니 어찌 보면 당연한 일이라 할 것이다.

　다람살라에 온지 얼마나 됐다고 삼례는 어느 사이 이곳 사람이 다된 듯 느껴졌다. 아침이나 혹은 무료한 오후 시간대만 되면 어김없이 짜이 한잔이 당기는, 이곳에 와서부터 습관적으로 생긴 입맛만 보더라도 그러하다. 삼례가 이 새로운 입맛에 쉽게 길들여진 데는 빠시 아저씨의 공이 크다. 그만큼 짜이라면 뭐니 뭐니 해도 빠시 아저씨네가 최고일 것이다. 여느 가게의 절반도 되지 않는 가격에, 인도 지역 짜이대회에서 최고의 상을 수상한 맛이라면 더 이상 무슨 말이 필요할까.

　달라이라마의 관저가 위치한 남걀 사원 담벼락 옆에 빠시 아저씨네가 있다. 대여섯 평이나 돼 보이는 어둡고 허름한 창고와도 같은 가게에서 아저씨는 언제나 짜이를 만든다. 1남6녀의 자녀를 둔 가장으로 아흔이 넘은 노모를 봉양하고 있는 그는 가게 맞은편으로 보이는 산동네 '히루'에서 매일 도보로 3시간을 왕복하며 간판도 없는 작은 가게를 운영하고 있다. 이른 아침과 저녁에 근처 코라를 돌며 기도하는 사람들을 위해 아저씨는 새벽 5시부터 저녁 7시까지 차를 만든다. 그의 삶 전체가 마치 짜이를 만들기 위해 존재하는 것처럼, 더운 날씨와 가스렌즈의 열기로 뒤범벅되어 후끈하게 달아오른 가게 한편 주방에서 그가 하는 일은 매일 똑같고 단순하다. 냄비에 우유를 달구고 홍차와 물과 설탕을 섞어 정성껏 휘저어가며 차를 만든 다음 조그만 유리잔에 가득 따라 붓는 것이다. 차가 식을 새라 가게 안팎 손님들에게 서둘러 나르는 일도 오롯이 아저씨의 몫이다. 차를 나를 때 아저씨는 삶에 큰 욕심을 내지 않는 순한 미소와 묵묵한 성실함까지 더불어 나른다. 단돈 6루피에 그러한 옵션까지 덤으로 건네받으며 인도 최고의 맛을 자랑하는 짜이를 즐길 수 있는 것은 다람살라에 있는 동안 삼례에게는 여간 감사하고 위안이 되는 게 아니다. 인근 사원의 티베트 스님들과 주민들이 대부분인 단골손님들과 국적도 종교도 다른 빠시 아저씨의 어우러짐에는 고향 사람들 간의 정 같은 것이 담겨있다. 유리잔에 넘치도록 담긴 짜이 만큼이나 넉넉한 그 맛이 때론 짜이보다 달콤하게 느껴지는 것은 비단 삼례뿐만이 아닐 것이다.

손잡이가 없는 유리잔에 듬뿍 담긴 뜨거운 짜이를 마시는데 익숙지 않아 언제부터인가 휴대용 스테인리스 컵을 들이미는 삼례에게 빠시 아저씨는 오늘도 싫은 기색이라곤 없이 하얀 치아를 드러내 보이며 반가워한다. 짜이 만드는 비법을 알고 싶어 자신의 주방을 제멋대로 드나들며 이것저것 물어보아도 불편한 기색이라곤 없다. 되레 삼례에게 우유를 휘젓던 국자까지 넘겨주며 연습을 시키는가하면 차를 만들 때 주의할 사항도 조목조목 일러준다. 그런데 오늘은 유독 손님이 많았던지 아저씨의 얼굴이 땀으로 흥건하다. 동공이 어지간히 풀린 것이 피곤함이 역력해 보인다.

"아무래도 오늘은 집에 일찍 들어가서 쉬는 게 좋겠어요."

삼례의 걱정 어린 말에 아저씨는 이내 기운을 추스르더니, 잠시 한가한 틈을 타서 주방선반 위에 놓인 상자를 꺼내왔다. 그리고 그 안에 보관된 낡은 사진들이며 편지들을 일일이 보여준다. 사진 속 사람들의 국적과 이름까지 삼례에게 소개하며 아저씨는 이 가게를 다녀간 여행객들이 자신이 끓인 차를 잊지 못해 보내온 것들이라고 설명한다. 그러나 그들이 진짜 그리운 것은 차에 담긴 당신의 순박한 마음과 큰 욕심 내지 않는 무던하고 성실한 삶에 대한 동경이라는 것을 아저씨는 알까? 빠시 아저씨의 상자 속 보물들을 보면서 삼례는 예감했다. 자신 또한 제자리로 돌아가면 그러한 삶이 얼마나 힘겹고 어려운지를, 그러기에 그만큼 가치 있음을 사진 속 그들처럼 새삼 새삼 절감하게 되리라. 인스턴트 커피에 다시 길들여진 몸이 문득 짜이 한잔을 당겨하고, 매일 똑같이 반복되는 일상에 염증을 느낄 때마다 빠시 아저씨가 꽤나 그리우리라. 그리고 어찌 그리 매번 똑같이 우유와 홍차를 그토록 조화롭게 섞어 달콤하고 부드럽게 뽑아낼 수 있었던가에 대해서도 곰곰이 생각하게 되리라. 빠시 아저씨는 물론 그 순간에도 비지땀을 흘리며 짜이를 만드는 중일 테고 많은 여행객들의 국적과 이름을 하나하나 기억하듯 잠깐 스쳐간 삼례라는 이름 또한 오래도록 기억할 것이다.

라모와 색색의 염주알을
실에 꿰며

"엊그제 선물용으로 구입한 염주 중 하나를 다른 것으로 바꾸고 싶어. 다른 건 검정색 줄에 꿰였는데 이 염주만 흰줄에 꿰어있어 금방 때가 탈거야."

"네 말이 맞아. 그러니까 걱정할 필요 없어. 금방 때가 타면서 검정색으로 자연스럽게 바뀔 테니까."(웃음)

라모의 넉살에는 당체 당할 재간이 없다. 이번에도 삼례는 그녀의 유들유들한 넉살에 걸려들고 말았다. 마땅히 살거리가 없어도 삼례가 템플로드(Temple-Road)를 지날 때면 라모의 노점에 들러 그녀와 허물없이 수다를 나누게 되는 것은 순전히 그러한 매력 때문이다. 그냥 괜히 툭 치면서 아는 척을 하고 싶을 만큼 라모의 성격은 자칭 자신의 매력 포인트이자 자부심인 똥배만큼이나 둥글둥글

하고 정이 넘친다. 자신의 똥배에 대해서도 지극한 애정과 찬사를 쏟아 부을 만큼 라모는 유쾌하고 당당하고 여유가 넘치는 여자다.

각종 공예품과 액세서리를 파는 티베트 망명자들의 노점이 즐비하게 늘어서 있는 템플로드에 라모가 터를 닦은 지는 얼마 되지 않았지만 그녀에게 노점을 꾸리는 일은 이미 능숙한 일과가 되었다. 시부모를 모시고 남인도의 세라 사원 근처에 살 때, 고아의 티베트 캠프에서 지낼 때 라모는 근처 '칼랑코드'라는 마을에서 염주며 팔찌며 열쇠고리 등을 만들어 팔며 생계를 이어왔다. 오랜 노점 운영을 통해 다져진 경험 때문인지 그녀의 외국어 실력은 그 수준과 관계없이 탁월한 감각이 있어서 외국인 손님들까지 곧잘 배꼽을 잡게 한다.

라모가 서툰 영어나 인도어로 툭툭 던져오는 농담에는 활기차고 지혜롭기까지 한 삶의 열정이 옹골지게 여물어 있어 주변 상인들을 비롯해 여행객의 삶까지 덩달아 활력이 넘치고 넉넉하게 만든다. 그 힘은 이를테면 투명한 물에 떨어진 잉크 한 방울과도 같이 미미하고 소소한 듯 하지만 의외로 큰 전파력을 갖고 있다. 티베트 여인의 강인하고 활달한 생활력 같기도 하고, 단순하고도 유쾌한 삶의 방식을 잘 터득하고 있는 유목민의 여유로움 같기도 한 힘이 잉크 한 방울의 기운처럼 살포시 파랗게, 유연하고도 미세하게 사람들에게 전파되는 것이다.

라모의 노점이 손님들에게 유독 인기를 끄는 데는 또 다른 비결이 있다. 도매로 물건을 떼어 팔기보다는 직접 만들어 파는 나름의 운영방침과 이왕이면 남다른 디자인을 고안해 차별화된 수공예품을 만들려는 의지와 노력 덕분이다. 소소한 일에도 최선을 다하는 성심(誠心)의 가치를 그녀는 누구보다 잘 알고 있다. 비록 한 평도 되지 않는 노점이지만 라모는 그렇게 성심어린 마음과, 정성어린 솜씨와, 넉살어린 입심까지 고루 갖추고는 자신의 삶을 당당하고 즐겁게 꾸려 간다. 차비를 아끼기 위해 릭샤 한번 타지 않고 1시간 반을 걸어 어둑어둑해진 귀가 길을 서두를 때도, 돌아갈 수 없는 고향 티베트와 그곳 가족과 친구들을 추억할 때도, 라모는 슬픔이나 고통 따위에 마음을 빼앗겨버리는 일이 없다.

"어쩌면 너는 매일 그렇게 활기차고 사람들을 웃길 수 있니? 슬플 때는 없니?"

"내가 남을 행복하게 하면 나도 행복해지고 내가 남을 불행하게하면 나도 불행해지는 건 너무나 당연한 이치잖아. 그리고 좋지 않은 생각을 해봐야 내 머리만 아프고 슬플 뿐인데 뭐 하러 그래. 상황은 바뀌지 않는데 걱정해봐야 자기만 손해인걸. 티베트에 계신 부모님이 생각날 때는 물론 슬프긴 하지만, 그럴 땐 바로 그분들의 건강과 평화를 위해 기도하곤 해. 그게 슬퍼하는 것보단 훨씬 현명하니까."

오늘도 삼례는 괜스레 라모의 노점을 찾아간다. 노점 한쪽에 걸터앉아 라모와 함께 색색의 염주알을 실에 꿰면서, 실없는 농담을 주고받으며 낄낄거리면서, 또 가끔은 근처 찻집에서 짜이를 주문해 마시고는 서로 값을 지불하기 위해 실랑이를 벌이면서, 삼례는 그렇게 라모의 지혜를 나눠받는다.

남에게 도움 되어
행복한 것이 '불교'

보릿가루와 우유를 추천한 최덴 스님과 달리 롭상 스님은 삼례에게 과일을 가져갈 것을 권했다. 보릿가루와 우유가 토굴에 사는 스님들에겐 보다 요긴할 테지만 토굴까지 가려면 산행을 해야 하기 때문에 짐이 가벼울수록 좋다는 이유에서 였다. 롭상 스님의 의견이 삼례에게 더욱 일리 있게 들린 것은 최소한의 생활비로 살아가는 토굴의 스님들이 주식인 보릿가루와 우유는 상비해두지만 과일은 그렇지 못하다는 대목에서 였다. 다람살라 산중에서 수행하는 스님들에겐 그 흔한 과일도 별식과 같다는 얘기처럼 들려서 삼례는 그 분들에게 드릴 공양물에 대해서는 더 이상 고민하지 않기로 했다.

과일은 윗동네가 가장 신선하고 값이 싸다는 정보까지 얻은 후 삼례는 게스트하우스를 나섰다. 일단 택시를 합승하기 위해서는 델리병원 앞까지 가야 한다. 다람살라의 대중교통수단은 택시나 어쩌다 지나가는 릭샤가 전부다. 가파르고 좁은 산길로 이뤄진 산마을이다 보니 마을버스가 없다. 그래서 이곳 주민들은 웬만한 거리는 그냥 걸어 다닌다. 택시를 탈 경우에는 버스 대용으로 이용하는 편이라서 요금을 나눠 내는 방식으로 합승을 하곤 한다.

서당 개 삼년이면 풍월을 읊는다는데, 다람살라에 온지 얼마 되지도 않아 여느 여행객들은 알지 못하는 다람살라식 대중교통법을 터득한 것이 삼례는 여간 뿌듯한 게 아니다. 그 때문일까, 택시를 합승하기 위해 한가로이 델리병원 앞에 앉아 있으면 괜스레 즐거운 기분이 된다. 다람살라의 주민이 다된 것 같기도 하고, 이곳 티베트인들의 삶속에 제법 잘 끼어든 느낌도 든다.

다람살라 윗동네인 맥클로드간지의 한 노점에서 과일을 산 후 삼례는 다시 택시를 타고 TCV(Tibet Children Village)입구에 도착했다. 티베트 어린이들과 청소년들이 모여 공부하고 기숙을 하기도 하는 TCV의 뒷산에 티베트 스님들이 수행하는 토굴이 40여 채가 있다. 한창 물오른 망고와 바나나, 그리고 한국에서 챙겨간 믹스커피를 여러 봉투에 나눠 챙겨 넣었더니 배낭이 묵직하다. 롭상 스님의 말대로 토굴로 가는 길은 초행자가 찾아가기에는 험난하고 쉽지 않다. 가던 길을 되돌아 나와 TCV의 한 교사에게 길을 물어 다

시 산길로 삼십 여분쯤 올라가니, 이른바 '룽따'라고 하여 경전문구
나 진언, 티베트인들의 소망 등을 적은 오색의 깃발들이 나무에 매
달려 나부끼고 있다. 이곳에서 얼마 떨어지지 않은 곳에서부터 작
고 허름한 토굴들이 군데군데 모습을 나타냈다. 시간을 아껴가며
수행 정진하는 스님들의 토굴을 불쑥 찾아온 것이 삼례는 그제야
조심스러운 생각이 들었다. 야트막한 돌담으로 둘러친 첫 번째 토
굴 앞에서 잠시 머뭇거리고 있는데 서너 평도 안 돼보이는 마당에
서 인기척이 느껴졌다. 한 스님이 부엌에서 나오다가 돌담 너머에
서있는 삼례와 마주쳤다. 그는 짐짓 삼례의 무안해하는 마음을 알
아채고 곧 당황스러움을 거두더니 반가운 미소를 지어보였다.

　"이곳에 계신 스님들은 조용히 공부하며 기도하기를 원하시지
만, 나는 괜찮습니다. 나는 상관없습니다. 사람들과 얘기 나누는 걸
좋아하니 원하시면 누추하지만 들어오세요."

　자신을 최덴-푼속이라고 소개한 스님은 삼례를 안심시킨 후 당
신의 수행공간과 시간을 기꺼이 내주었다. 그는 한눈에 보아도 조
용하고 과묵한 성품의 수행자였지만 삼례를 위해 마당 한편에 앉
을 자리부터 마련해주고는 부엌으로 들어갔다. 그리고 차를 끓여
내오는 내내 마당 쪽을 향해 연거푸 강조해 말했다.

　"나는 괜찮습니다, 나는 상관없습니다."

양전한 스님이
말 많은 황소고집으로 돌변할 때

"한국 사람들도 티베트 불교에 관심이 많습니까?"

초라하지만 정갈하고 고요한 기도방까지 흔쾌히 보여준 푼속 스님이 삼례에게 질문을 해왔다.

"달라이라마의 법문을 듣기위해 많은 한국인들이 다람살라에 오는 것을 보면 아마도 그런 것 같아요. 그런데 저는 불교에 대해 관심만 있을 뿐이에요."(웃음)

"불교를 굳이 따로 공부할 필요는 없어요. 존자님(달라이라마)은 다른 사람들에게 도움이 되어 자신의 마음이 행복하고 기쁘면 그 것이 '불교'라고 하십니다."

티베트에서 인도로 망명 온지 25년이 된 푼속 스님은 망명 후 달라이라마에게 계를 받고 출가했다. 남인도에 있는 티베트 사원

에서 생활하다가 다람살라 토굴로 온지는 5년째 되었다. 토굴의 스님들은 각자 수행일정을 정해놓고 규칙적으로 생활하는데, 스님들마다 차이는 있지만 대개는 기도와 절, 경전공부 등을 하며 수행한다고 한다. 푼속 스님의 일과 또한 크게 다르지 않다. 새벽 4시에 일어나 아침기도를 한 후 7시경에 보릿가루와 차 한 잔으로 간단한 식사를 하고 잠깐 쉰 다음 11시 반까지 오전기도를 한다. 점심식사 후 1시부터 4시까지는 전체투지(온몸이 땅에 닿도록 엎드려 절하는 방식)를 한 후 경전을 읽는다. 그리고 저녁식사와 세면을 마친 후 6시부터 9시까지는 다시 기도를 한 후 잠자리에 든다.

토굴의 살림살이는 무척이나 간소해서 부엌살림이라야 가스렌즈와 그릇 몇 개가 전부다. 차를 끓일 때 필요한 우유는 분말가루로 된 제품으로 대용하고, 요리에 필요한 식재료는 감자와 보릿가루, 콩 등이 고작이라서 여름철에 냉장고 없이도 불편함 없이 살아간다.

"남인도 사원에서 지낼 때는 수백 명의 스님들이 함께 생활하기 때문에 의식주 면에선 더욱 편리하고 좋은 생활을 했어요. 하지만 이곳에선 조용히 명상할 수 있고, 존자님의 법문을 가까이에서 들을 수 있어 좋아요. 시장도 가까운 거리에 있어 빠른 걸음으로 다녀오면 이십분 밖에 걸리지 않아요. 다만 우기기간이나 눈이 많이 내릴 때는 수행하기 힘들 정도로 잠이 쏟아져 그때가 좀 힘들뿐이죠."

일찍이 욕심을 털어낸 수행자의 얼굴에는 히말라야의 청명한 햇살 같은 환희심과 금강석 같은 견고한 평화로움만이 남아 있다. 존경하고 따르는 스승이 곁에 있고, 명상과 기도를 할 수 있는 허름한 공간까지 한 칸 갖추었으니 수행자에게 이만한 복이 어디 있겠냐는 듯, 시종일관 행복한 미소를 잃지 않는 푼속 스님의 얼굴이 그렇게 여러 말보다도 명확하고 투명하게 일러주었다. 그런데 그런 스님과 삼례가 예기치 못한 실랑이를 벌이게 된 것은 준비해 간 공양물 때문이었다.

"아니요, 나는 괜찮습니다. 이 산엔 많은 스님들이 살고 계세요. 내가 한 봉지를 더 받으면 다른 스님 몫이 없어질 텐데 받을 수 없습니다. 그럴 게 아니라 이것도 다른 스님에게 전해드리세요."

삼례가 과일이 든 봉투를 스님에게 한 봉지 더 드리려 한 것이 화근이었다. 되레 자신의 몫까지 양보하려는 스님의 고집 때문에 한참을 옥신각신하게 된 것이다. 그날 삼례는 푼속 스님 몫으로 두고 온 망고와 바나나가 과연 그의 배속에 무사히 들어갔을 지에 대한 확신은 서지 않았다. 그러나 그날 이후로 새록새록 확신이 드는 불교에 대한 정의가 생겼다. 불교란 남에게 자신의 귀중한 시간과 공간을 기꺼이 내주고도 진실로 "나는 괜찮습니다"라고 말할 수 있는 마음이다. 그리고 남을 위해서라면 조용하고 얌전한 스님을 말 많은 황소고집으로 돌변하게 할 수도 있는 힘의 원천이다.

서로의 수행을 돕는 '도반'이라는 인연

티베트 스님들이 기거하며 수행하는 히말라야 산중에 한국인 스님이 있다는 사실을 삼례가 알게 된 것은 첫 번째 토굴에서 만난 푼속 스님을 통해서였다.

"여기에서 멀지 않은 곳에 살고 계세요. 하지만 만나 뵙기는 힘들지 모릅니다. 그 스님은 안거에 들어가 있는데 문밖에 일절 나오지 않고 묵언을 하신다고 하네요."

다람살라 산기슭에서 티베트 스님들과 이웃하며 수행하는 한국인 스님에 대한 소식이 삼례는 의외면서도 반가웠다. 과일이라도 몇 개 문 앞에 두고 올 요량으로 푼속 스님이 일러준 길을 따라 십 여분쯤 올라가니, 이른바 '동덴'이 나타났다. 탑처럼 생긴 동덴은 티베트 큰스님의 유골이나 등신불을 안치해 놓은 곳이다. 그곳

에 걸린 사진 한 점에서 삼례는 한참을 눈을 떼지 못했다. 온화한 미소를 짓고 있는 사진 속 스님의 표정이 쉽사리 시선을 돌릴 수 없을 만큼 평화롭고 자애로웠다.

동덴 아래쪽 숲길에 나란히 이웃해 있는 두 개의 토굴은 마치 다정한 도반의 모습 같다. 그중 한 토굴 앞에 입구를 가로지르는 굵직한 나뭇가지가 걸려있다.

출입을 금하는 표시다. 안거기간에는 산문 밖 출입을 금하는 선방 관례에 따라 묵묵히 정진하는 수행자의 결의가 고스란히 걸린 듯하다. 굳게 걸어 잠근 문이나 문 앞에 걸린 작은 푯말을 보아도 푼속 스님이 귀띔해 준 한국인 스님의 토굴이 분명했다. 발소리조차 조심스러워 토굴 앞에서 잠시 머뭇거리던 삼례가 문고리에 과일봉지를 걸어두기 위해 살금살금 마당 안으로 들어설 때였다.

"그곳에 두면 원숭이가 금방 가져갈 겁니다."

언제 나타났는지 동덴 주위에서 조용히 비질을 하고 있던 한 스

님이 삼례에게 말을 걸어왔다.

"그 옆집에 계신 스님이 저녁에 돌아오는데, 그 스님만이 안거 중인 스님을 만날 수 있습니다. 그 분이 보살펴드리고 있거든요. 차라리 제게 맡기시면 옆집 스님에게 전해드리겠습니다."

스님은 티베트인이라기보다는 혼혈의 서양인 같기도 하고 한국인과도 비슷한 인상을 지녔다. 매일 동덴과 그 주위를 청소하고 관리한다는 스님은 비질을 잠시 멈추고는 두 이웃에 대한 이야기를 잠깐 들려주었다. 내용인 즉 두 집 모두 한국인 스님이 살고 있는데, 한 스님은 남걀 사원 근처 불교대학에서 교학을 공부하는 중이고 다른 한 스님은 오래 전부터 안거에 들어가 이른바 무문관(無門關, 일정기간 문 밖 출입을 하지 않고 수행 정진함) 수행을 한다는 것이다. 두 스님은 절친한 도반관계로 불교대학에 다니는 스님이 안거 중인 스님에게 필요한 음식과 물품을 구해 와 방에 넣어드리며 시봉을 하고 있었다.

"불교대학에 다니는 스님은 이따금씩 뵙곤 하는데 안거 중인 스님은 문밖에 나온 적이 없어 얼굴을 뵌 적은 없습니다만 두 분 인연이 특별한 것 같더군요."

자신의 시간을 쪼개 도반의 수행을 돕고, 그러한 도움에 의지한 만큼 굳은 결의로 수행 정진하는 두 스님의 이야기는 주변 스님들에게도 귀감이 되는 듯 했다. '도반'이라, 불가에서의 도반이라는 인연이 삼례에게는 부모와 자식, 스승과 제자의 관계만큼이나 애틋하고 특별하게 느껴졌다. 삼례는 한국에서 챙겨온 된장이며 고추장을 아껴두지 못한 게 못내 후회스러웠다. 하필 자신의 배낭 속에 딱 한 개의 라면이 들어있다는 사실도 애석하기만 했다. 인스턴트식품일지라도 오랫동안 고향음식을 먹지 못한 수행자에게는 기운을 추스르게 하는 보양식이 될 텐데, 라면이라도 넉넉히 챙겨오지 못한 게 아쉬울 따름이었다. 하는 수없이 삼례는 라면 한 개를 토굴 문틈에 단단히 끼워 넣고 돌아섰다. 과연 그 라면이 누구의 배속으로 들어갔을지 삼례는 궁금하면서도 그 답을 알 듯했다.

Why, What, How에 대해 생각하기

동덴에서 우연히 만나 알게 된 최덴 스님은 동덴 위쪽에 있는 당신의 토굴로 삼례를 초대해 주었다. 작고 허름하지만 최덴 스님의 토굴은 높은 곳에 위치한 만큼 전망이 빼어났다. 조그마한 마당을 둘러친 토담 너머로 히말라야 숲의 전경과 티베트인들의 소망을 담은 오색의 깃발 룽따와 멀리 시내 전경이 한눈에 들어왔다. 부엌에서 차를 준비하면서 최덴 스님은 동덴에 걸려있던 사진 속 스님이 현재 14대 달라이라마의 스승이었던 티장 린포체라고 설명해주었다. 티장 린포체는 티베트 동부지역인 암도에서 환생한 어린 14대 달라이라마를 찾아낸 분이기도 한데 현재는 환생하여 미국에 살고 있다고 한다.

어느새 마당 한가운데 재치만점의 운치 있는 다과상이 차려졌다. 스님은 평소 물통으로 사용하는 플라스틱 통을 엎어 간이탁자로 만들고 그 위에 손수 끓인 차와 얼마 전 신도가 공양한 초코파이를 곁들여 냈다. 즉석에서 차려낸 다과상이나 깔끔하게 정돈된 토굴의 살림살이가 주인의 성품을 일러준다.

최텍 스님의 수행일과는 아침 6시, 요가로 시작된다. 무릎관절이 좋지 않아 시작한 요가는 스님의 건강에 큰 도움이 되어왔다. 요가 후 아침식사를 한 다음에는 세 시간가량 기도와 명상을 하고 오후에는 주로 경전을 공부한다. 그리고 저녁에는 다시 기도와 명상으로 하루를 마감한다. 점심식사 후 동덴과 토굴을 청소하는 것 또한 최텍 스님이 잊지 않고 챙기는 중요한 수행일과 중 하나다. 9살에 출가한 최텍 스님이 이곳 토굴에 산지는 20년 가까이 되었다고 한다. 그 이전에는 남인도에 있는 간덴 사원에서 논쟁을 공부하며 수행했다. 스님의 고향은 라닥이다. 현재는 인도에 속해 있지만, 옛날에는 티베트 영토에 속해 있었기에 아직도 티베트 문화가 많이 남아있는 곳이다.

"그런데 사람들이 저를 스페인 사람으로 많이 보더군요."(웃음)

서양인으로 보아도 무리가 아닐 만큼 서구적인 인상을 지닌 스님은 티베트의 전통 불학시험을 통과하여 불교학 박사에 해당하는 '게쉐'를 취득한 분이다. 영어에도 능숙한 스님은 삼례에게 불교에 대해 이해하기 쉽게 논리적이고 체계적으로 차근차근 설명해주었다.

"불교를 공부하면서 무엇보다 중요한 것은 '이유'에 대해 생각하는 것입니다. 우리는 모든 것에 대한 이유와 원인을 생각해볼 수 있어요. 가령, 우리는 왜 불교도가 되는가? 우리는 왜 업을 갖게 됐는가? 우리는 왜 불교를 공부하는가? 그리고 우리 삶에서 가장 중요한 것은 무엇인가? 등등 이런 질문들에 대한 논리적이고 올바른 이해를 통해 불교에 대해, 삶에 대해 깊이 알게 되죠. 그래서 '읽기'와 '생각하기'는 무척 중요합니다. 불법에 대해 읽고 그것에 대해 오랜 시간 생각하다보면 진정 우리에게 이로운 것이 무엇인지 이해하게 되니까요. 만일 이롭다면, 그것이 오래도록 이로운지 잠깐 동안 이로운 것인지에 대해서도 생각하게 되고, 이러한 과정을 통해 진정한 이해를 얻게 되죠. 그래서 책(경전)을 여러 번 읽고 Why, What, How에 대해 계속 생각하고 생각하는 것이 중요합니다."

'이해'는 확고한 믿음과 신뢰를 갖게 한다. 어떤 것에 대한 명확한 이유와 원인을 알 수 있을 때까지 공부하고 생각하기를 거듭하는 속에서 깊은 이해가 생겨나고 그에 맞는 행동이 자연스럽게 일어난다. 이것이 바로 '지혜'다. 자비는 이러한 지혜로 생겨난다. 진정한 이해가 없는, 즉 지혜가 없는 자비는 의도적이고 지속적이지 못하다. 오랫동안 수행한 자가 자비로운 얼굴을 갖지 못한다면 지혜가 부족한 까닭에서일 테다. 다시 말해 지혜로운 자는 마땅히 자비스러울 수밖에 없고, 진정 자비로운 자는 지혜롭기 마련이다. 히말라야 산기슭에서 가난하게 살아가며 부지런히 정진하는 티베트

수행자들. 그들은 삼례에게 다만 보여줄 뿐이었다. 지혜와 자비가
둘이 아님을, 당신들의 맑고 자비로운 얼굴 얼굴로…….

서로에게
친절과 사랑을 베풀기를

"We are all be kind to each other……"

그는 피리를 연주하기 전 이 같은 전주를 들려준다. 평소 자신의 간절한 서원을 나지막한 소리로 읊조리며 강력한 염원을 담아 사람들에게 주문을 걸듯 속삭인다. 그 소리에 귀 기울이다가 사람들은 그 순간만이라도 그의 바람처럼 되기를 바래본다. 우리 모두가 서로에게 친절하기를, 서로에게 사랑을 베풀기를…….

그의 음악은 음악이라기보다는 '염원'이다. 그리고 '자연'이다. 신성하고도 맑은 산의 기운이며, 히말라야의 눈과 바람과 새의 노래이며, 티베트인들의 서원을 담고 바람에 나부끼는 룽따의 춤이다. 그러한 에너지와 기억들을 몸으로 간직하고 있는 유목민의 체취이고 향수이며 그리움이기도 하다. 연주 도중 그의 목울대를 타고 흘러나오는 저음의 신묘한 소리는 더구나 그러하다. 그 소리에는 우주의 메시지와 진언이 담겨있는 듯 하다. 인간의 입으로 내는 소리가 세상 그 어떤 음악보다 아름답고 감동적일 수 있다는 사실을 삼례는 그의 소리를 통해 알게 됐다. 피리와 염불로 은밀하게 속삭이는 애절하고 간절한 소리, 그 누구와도 뜨겁게 교감되는 소리, 그 누구라도 자비와 평화를 염원하게 하는 소리……. 그에게는 그런 이중의 언어가 있다.

그가 11년간 수행하고 은둔생활을 했다는 다람살라의 산기슭에서 삼례는 그가 했던 말을 기억해냈다. "살면서 가장 소중했던 순간이 언제였나?"라고 물었을 때, 그는 음악가로서는 의외의 답을 했다.

"옛날에 다람살라에서 수행할 때요. 그때는 궁금하거나 의심스러운 게 있으면 존자님(달라이라마)을 뵙고 직접 질문하고 가르침을 받곤 했어요. 내 생애에 가장 소중하고 만족스러운 시간이었죠."

그때는 무척 가난했지만 행복한 시절이었다. 먹거리를 해결하기도 힘들어 처음 수행할 때는 집집마다 탁발이라도 다니며 수행할 각오를 했었다. 그러나 출가 후 오히려 먹거리에 대한 염려는 사라졌다. 달라이라마 망명사무실의 도움으로 끼니를 해결할 수 있었기 때문이다.

당시 주식은 인도산 녹두를 무르도록 삶아 조리한 '달'이었다. 되직한 스프처럼 생긴 달에 밥이나 빵을 찍어먹거나 야채를 소로

넣어 만든 '로고-모모'라는 빵으로 끼니를 해결하며 수행했다. 은 사와 이 산에서 은둔생활을 하며 수행할 때는 은사를 대접하고자 하는 신도들 덕에 좀 더 다양하고 좋은 음식을 먹을 수 있었다. 그 러나 수행자에게 음식은 그다지 중요하지 않다. 그때나 지금이나 그러한 생각에는 변함없기에 그는 '먹는 일'에 큰 의미를 두지 않 는다. 그저 배를 채울 수 있는 음식이면 족하다.

다람살라에서의 기억들을 보물처럼 간직하고 사는 그는 여전 히 세계적인 명성의 음악가라기보다는 친절하고 겸허한 수행자다. 일찍이 브래드 피트가 주연한 영화 〈티베트에서의 7년〉에서 음악 을 담당했고 그래미상 후보에도 여러 번 올랐으며 리처드기어의 후원으로 폭넓은 활동을 하면서 세계적인 뉴에이지 음악가로 알려 진 나왕 케촉. 그런 그에게 달라이라마는 티베트불교의 세 가지 핵 심인 출리심과 보리심, 공성에 대해 수행할 것을 당부하며 여러 무 대에서 항상 최선을 다하라고 격려해 주었다.

그가 피리를 불면 히말라야의 독수리들이 그 주위로 날아와 앉 는다는 전설 같은 일화가 어쩌면 사실일지도 모른다고, 삼례는 그 의 음악을 들을 때마다 생각하곤 했다. 실제 그의 음악은 단순한 음악 이상의 의미와 역할을 하고 있다. 세계 여러 나라의 수행자들 이 나왕의 음악을 들으며 명상을 하고 있고 티베트 린포체나 스님 들도 마음이 불안하고 산란할 때 그의 음악으로 마음을 다스린다고 한다. 미국 시애틀의 한 병원에서는 임종 전 환자들에게 하루 종일 나왕의 '콰이트 마인드(Quiet Mind)'라는 CD를 틀어주어 마음의 평화를 유도하게 하고, 호주에서는 산모들이 나왕의 음악을 들으며 아이를 출산한 결과 출산의 긴장과 불안을 없애는데 큰 도움을 주었다고 한다. 그런데 놀라운 사실은 그러한 음악들이 순수한 영감과 느낌에만 의존하여 즉흥적으로 연주되어 만들어졌다는 것이다. 지금까지 나왕이 발표한 음악들은 모두 그렇게 만들어졌고 무대 위에 설 때도 그는 명상을 한 후 영감에 따라 즉흥적으로 연주하곤 한다. 그래서 그는 방금 전 자신이 연주한 곡을 기억하지 못한다. 만일 그가 이전의 음악을 똑같이 재현할 때는 자신이 연주할 당시 녹음된 자료를 듣고 연습한 결과다.

음악을 공부하기는커녕 악기를 다뤄본 적도 없고 악보를 읽을 줄도 모르는 수행자가 어느 날 천재적인 음악가가 된 것에 대해 나왕은 그저 '자연스럽게 이뤄진' 일이라고 한다. 자유롭고 순수하면서도 그 무엇보다 강력한 울림의 힘. 그것은 그렇게 어떠한 의도함이 없는 자연스러움 안에서 이뤄지는 것인지도 모르겠다.

티베트의 유목민이
사라지고 있다

　서울의 한 무대에서 삼례는 나왕 케촉의 피리연주를 듣고 그와
이야기를 나눌 기회가 있었다. 무대 위에 선 그는 강력하고도 평화
로운 에너지를 발산했고 신령스러울 만큼 묘한 카리스마가 넘쳤
다. 그러나 그 이야기가 나왔을 때 그는 더 이상 말을 잇지 못하고
조용히 눈물만 흘렸다. 억장이 무너지는 소리가 들리기라도 하듯,
그가 느끼는 슬픔과 연민은 무척이나 깊은 것이었다. 한동안 정적
이 흐르고 얼마간의 시간이 흐르자 마음을 추스른 나왕이 겨우 다
시 입을 뗐다.

　"하물며 작은 가시에 손가락을 찔려도 아픔을 참기 힘든데 자
신의 몸을 불태운다는 게 얼마나 끔찍하고 고통스러운 일이겠어
요. 어느 누구도 그렇게 되길 원치 않을 겁니다. 그런 행위가 쓸데

없고 자기 생명에 대한 가혹한 행위라고 말하는 사람도 있지만 그런 선택을 할 수밖에 없을 만큼 현재 티베트의 상황은 비참하고 절망적입니다."

나라를 위해 사랑하는 가족을 남겨두고 자신의 몸에 스스로 불을 사를 수밖에 없었던 사람들. 그들의 고통과 신음이 고스란히 느껴지듯, 나왕은 말하는 중간 중간에 슬픔을 억누르지 못하고 눈물만 흘리거나 깊은 한숨을 내쉬며 마음이 진정될 때까지 침묵하곤 했다.

중국의 지배 하에 있는 티베트에서는 위험하고 무서운 상황들이 벌어지고 있다. 이미 많은 도시들이 티베트인들보다 중국인들이 훨씬 많은 중국의 도시로 변했다. 유목민의 문제만 해도 심각한 상황이다. 유목은 티베트 고유의 생활방식이며 가장 중요한 문화이기도 하다. 그러나 중국의 유목민 말살정책으로 인해 유목민이 사라지고 있다.

"티베트 유목민들은 평화를 좋아하고 높은 산에서도 자연과 공존하며 살아왔어요. 그런데 갑자기 중국정부에서 야크나 염소들이 풀을 지나치게 뜯어먹어 환경을 파괴한다는 구실로 그들을 산에서 쫓아내기 시작했어요. 처음엔 도시에 집을 지어 살게 하고 생활비를 지원해주지만 일정기간이 끝나면 지원비가 끊겨져 생활이 무척 힘들어집니다. 산에서 가축을 키우며 살아온 유목민들이 도시에서 할 수 있는 일은 아무것도 없으니까요. 겉보기엔 티베트가 중국

으로 인해 문명화되고 발전되는 듯 보이지만, 그 안의 모든 이익은
중국에게 돌아가고 이면에 가려진 티베트인들의 생활은 불행하고
비참할 뿐입니다."

　　티베트는 남극과 북극에 이어 'Third pole'로 불릴 만큼 수자

원이 풍부한 곳이다. 게다가 금과 은, 동뿐만 아니라 기름과 폭탄을 제조하는 광물 등 다양하고 풍부한 자원이 숨어있다. 중국정부가 세계 과학자들의 반대에도 불구하고 티베트 유목민을 말살하려는 이유는 바로 그러한 자원을 차지하여 경제적 이익을 독점하기 위해서다. 따라서 이 같은 상황이 지속되면 지구환경이 파괴되고 세계의 고유문화유산이기도 한 유목 문화를 잃어버리게 될 것이다.

"그러나 어떤 상황을 이해할 때 따로따로 구분해서 인식하는 것이 정말 중요합니다. 중국을 바라볼 때도 그러하죠. 말하자면 중국은 중국정부와 민족으로 구분해서 생각해야 해요. 우리에게 고통 주는 이들은 중국민족이 아니라 정부이고, 중국민족도 그들 정부로 인해 평화롭지 못하고 불행한 상황에 놓인 경우가 많아요. 또 중국정부 안에도 티베트인들에게 고통을 주는 사람은 따로 있기에 중국을 미워하고 원망할 필요는 없습니다."

명확한 인식과 이해의 힘은 아무리 깊은 좌절과 슬픔도 타인에 대한 원망과 원한으로 이어지지 않게 한다. 따로따로 인식하기. 따로따로 생각하기. 어떤 상황에서도 이 같은 분별의 힘과 지혜를 잊지 않는다면, 나왕의 서원은 언젠가 이뤄지리라. We are all be kind to each other……

5장

찻잔에
시나브로 물들어가는
찻물처럼
─다람살라 2편

Dharamsala

공양간 노란 문이
열리면

달라이라마의 관저가 위치한 다람살라의 남걀 사원에는 특별한 공양간이 있다. 2층 법당 옆 한쪽에 마련된 지하창고와도 같은 그곳은, 달라이라마의 법문이나 기도의식 등의 행사가 있는 날에만 열리는 공양간이다. 고흐가 사랑했을법한 노란 해바라기 빛깔의 문과 창문이 열리면 공양간은 이른 새벽부터 훈훈한 온기로 달궈진다. 티베트인들의 주식과 같은 발렙과 버터차를 만들기 위해서다.

고향 떠난 망명자의 신세일지라도 절에 찾아온 손님들을 대접하기 위한 티베트인들의 인심은 푸지기만 해서 노란 문 공양간의 식구들은 새벽 3시부터 모여 빵을 굽고 차를 끓인다. 오전 중에는 그보다 푸짐한 점심식사를 장만하기 위해 더욱 분주해지는데 녹두를 끓여 만든 걸쭉한 '달'에 따끈한 밥을 지어 궁합을 맞추기도 하고, '틱모'라고 하는 쫀득하고 찰기어린 찐빵을 쪄서 야채를 볶아 만든 '최마'를 소스처럼 곁들여 내기도 한다.

적게는 수백 명에서부터 수천 명 분량의 밥을 짓기 위해 노란 문 공양간에 모인 열여덟 명의 처사들은 팀을 이뤄 의기투합한다. 가장 많은 일손이 필요한 이른바 '커팅(Cutting)팀'은 야채를 다듬고 써는 일을 담당하고, 젊은 청년들로 구성된 요리팀은 국이나 찬을 만든다. 경내와 가장 인접해있는 반지하의 작은 방을 별도로 사용하는 '스팀(Steam)팀'의 주된 소임은 밥 짓기와 빵 만들기다. 이곳에서는 음식재료를 찌거나 끓이거나 튀기는 일을 담당하는데 밥을 지을 때는 끓는 물에 쌀을 넣고 국처럼 끓이다가 물을 따라낸 후 다시 불 위에 올려 찐 다음 뜸을 들인다. 이렇게 하면 많은 양의 밥을 빠른 시간 내에 지어낼 수 있다.

가장 단순해보이지만 어려운 중책을 맡고 있는 곳은 차(Tea)팀이다. 차는 공양시간 외에도 수시로 손님들에게 제공돼야 하므로 하루에 서너 차례를 끓이는 게 기본이다. 공양간 내 양지바른 곳에는 장정 두어 명은 너끈히 들어가고도 남을 커다란 솥 세 개가 나란히 걸려있다. 가운데 놓인 솥단지에는 언제든 필요하면 사용할 수 있도록 뜨거운 물을 준비해두고 양쪽 솥에는 각각 달콤한 짜이와 고소한 버터차를 끓인다. 이곳 팀장인 도찌 할아버지의 차 젓는 솜씨는 가히 예술적이라 할 만한데, 작은 스테인리스 바가지로 솥

안의 차를 공중으로 높이 떠올리면서 낙하하는 식으로 차를 휘젓는다. 그런 과정 속에서 차를 맛있게 끓이려는 도찌 할아버지의 일념(一念)과 텅 빈 듯 충만한 공기의 맛이 혼연일체로 아우러져 차맛은 한층 깊고 뜨거워진다.

노란 문 공양간 입구 쪽에는 작은 솥 두 개를 걸어놓고 홀로 차를 끓이는 덤바 할아버지가 있다. 여든 일곱 살의 덤바 할아버지는 바쁜 와중에도 달달한 차를 좋아하는 삼례의 취향을 잊지 않는다. 달콤한 짜이가 미처 준비되지 않았을 때는 당신의 배낭에서 밥숟가락을 꺼내 버터차에 설탕을 듬뿍 넣고 휘휘 저어서는 아쉬운 대로 짜이와 비슷한 맛이 나게 해준다. 행여 아침밥을 걸렀으랴, 출출할 때 요깃거리로 챙겨둔 여분의 빵조각까지 삼례에게 슬그머니 내주며 차와 함께 먹으라는 시늉도 해 보인다. 그런데 덤바 할아버지가 이보다 지극정성으로 삼례에게 챙겨주는 것이 있다. 틈만 나면 한손을 번쩍 들어 하이파이브를 해주는 것이다. 사람들에게 차를 나눠주기 위해 커다란 주전자를 들고 경내를 돌아다니다가도 삼례와 마주칠 때면 할아버지는 잊지 않고 하이파이브를 하며 격려와 반가움을 표한다. 비록 말 한 마디 통하지 않지만 그 작은 행위에 깃든 백 마디 말보다 큰 무언(無言)의 힘으로 삼례는 묵직한 정과 위안을 얻는다.

노란 문 공양간 식구들 중에서 스팀팀의 니마 할아버지는 삼례와 누구보다 절친한 친구다. 공양간 안이 궁금해서 노란 문 언저리를 기웃거릴 때, 삼례의 손을 덥석 잡고 그 안으로 초대해 준 사람이 바로 니마 할아버지였다. 스팀팀이 일하는 방을 언제든 안방처럼 드나들 수 있도록 배려해 준 이도 니마 할아버지였고, 러닝셔츠 차림으로 밥을 짓곤 해서 잔소리를 한 번씩 해주고 싶은 배불뚝이 노톱 아저씨와 친해질 수 있었던 것도 그의 덕분이었다. 스팀 방 한쪽에서 경전을 읽으며 쉬고 있던 카모 스님과 노란 문 공양간의 공양주인 무착 할아버지와 편하게 어울릴 수 있었던 것도 니마 할아버지 덕택이다. 일흔 다섯이라는 나이가 믿겨지지 않을 만큼 건장하고 활기찬 니마 할아버지는 공양간 식구들이 적당한 곳에 자리 잡고 누워 노톱 아저씨의 라디오를 다 같이 청취하며 낮잠을 즐기는 시간에도 삼례를 딸처럼 챙긴다. 삼례를 위해 한쪽 구석에 여러 개의 의자를 나란히 붙여놓고 그 위에 담요를 깔아 폭신한 간이 침대까지 만들어준다.

"내가 꼭 할아버지 딸 같다!"

이 같은 농담으로 삼례가 고마운 마음을 대신하면 할아버지는 천연덕스럽게 미소 지으며 "맞다, 내 딸이었을 수도 있고 내 딸이 될 수도 있다!"라며 유쾌하게 받아친다.

니마 할아버지도 그러하지만 여든 살의 공양주, 무착 할아버지는 여유롭고 푸근하면서도 강건하고 활달한 유목민의 기상이 느껴지는 분이다. 무착 할아버지는 익살스런 표정 하나로도 순식간에

공양간을 화기애애하게 뒤집어놓을 만큼 개그본능이 넘친다. 그러나 간혹, 삼례는 알 것도 같다. 사원 둘레로 펼쳐진 히말라야 너머저기 저 먼 고향 티베트를 향하고 있는 그의 마음을, 마음만은 늘그곳에 머물러 있음을……. 밥에 뜸을 들이는 동안이나 배식 준비를 끝내놓은 막간에 앞치마를 두른 채 경내 구석에 앉아 멍하니 망중한을 보내는 그의 모습은 그만큼 고요하고 적적하다.

남걀 사원에 갈 때 잊지 말고 챙겨야할 것

노란 문 공양간 사람들과 한 식구가 된 것은 닝마파의 구루 린 포체(티베트에 처음 불교를 전파한 인도의 성인)를 기리는 붐촉 기도 덕분이 었다. 일 년에 네다섯 번 정도 열리는 '붐촉'은 티베트불교의 네 종 파 중 하나인 닝마파의 기도회를 뜻한다. 5일 동안 열리는 붐촉 기 도는 매일 이른 아침부터 늦은 오후까지 이어진다. 일체중생의 행 복과 전 세계의 평화와 달라이라마의 장수, 그리고 자신의 마음에 자비심과 보리심을 일으키는 것이 기도의 주된 내용이다.

"이상하게 여길 게 없어요. 종파마다 수행법과 이론에 차이가 있지만 교리 자체가 크게 다르지 않고 불법은 결국 같으니까요. 중 요한 건 기도와 수행으로 자만심이나 질투 등의 불선(不善)을 없애 고 선업을 쌓는 것이죠. 그리고 기도와 수행을 하는 마음의 동기는 언제나 '나'가 아닌 '전체'를 위한 것이어야 해요."

　겔룩파인 남걀 사원에서 닝마파의 기도회가 열리는 것에 대해 이상하게 생각하는 삼례에게 카모 스님은 찬찬히 설명을 해주었다. 공양간에서 처음 카모 스님을 보았을 때 삼례는 그가 스님이라고는 짐작도 하지 못했다. 대개의 티베트 스님들처럼 붉은색 승복을 걸치지도 않은데다 긴 머리를 하고 있었기 때문이다.

　"옛날에 우리 보스(Boss)께서 이렇게 하라고 하셨거든요."(웃음)

　카모 스님은 조용하고 차분하면서도 재미있고 유모가 넘쳤다. 출가자로서 남다른 헤어스타일과 흰색 가사를 걸친 이유에 대해서도 재치있게 답하고는 빙그레 웃어 보였다. 그는 출가한지 이십 년이 넘은 닝마파의 스님이었다. 스님의 말마따나 법과 진리를 추구하면서 그 방법이나 종파가 다르다고 해서 화합하지 못하는 것이야말로 이치에 어긋난 일인 것을, 삼례는 언제부터인가 다른 것의 같음을 보지 못하고 같은 것의 다름만 찾는 일에 익숙하게 길들여 있는 자신을 자각했다. 그런 오인된 습관을 인식하고 일체중생의 평화를 기원하는 기도 기간에는 참으로 많은 인연들이 하나로 이어진다. 사원에 모인 사람들은 수일을 함께 기도하고 밥을 나눠 먹으며 더욱 끈끈한 이웃이 되고 친구가 되고 가족이 된다. 길가를 오가며 스쳐 지났던 여행객들도 이곳에서 만나면 새삼 친근하고 반가운 얼굴로 인사를 나누게 된다. 전체를 위해 한마음으로 올리는 기도 덕분이기도 할 테고 아침부터 나눠먹은 밥심(心) 때문이기도 할 것이다.

그래서일까, 절에서 먹는 밥은 초라한 음식일지라도 성찬같고 감칠맛이 더하다. 같은 공간 같은 시간을 함께하며 공평하게 나눠 먹는 밥에는 담백하고도 달착지근한 평안의 맛이 배어 있다. 달라이라마의 법문이 있는 날, 남걀 사원에서 먹는 아침밥 맛은 특히 그러하다. 티베트인들이 관세음보살의 화신으로 믿어 의심치 않는 승왕 달라이라마나, 그의 법문을 듣기 위해 모인 중생들이나 법문 시간 중에 똑같은 차와 빵을 나눠먹는다. 더없이 평등하고 평화로운 식사가 아닐 수 없다.

그러니 공양간의 노란 문이 열리는 날, 남걀 사원에 간다면 부디 잊지 말고 밥을 꼭 챙겨먹어 볼 일이다. 그런데 반드시 가져가야 할 것이 있다. 수저와 밥그릇이다. 노란 문 공양간에는 개인용 그릇이나 수저가 비치되어 있지 않기 때문이다. '컵'을 챙기는 것은 더구나 잊지 말아야 한다. 행여 컵이 없어 누구에게나 공평하게 나눠주는 차를 받아 마시지 못한다면 여간 애석한 일이 아닐 수 없으니……

라훌에게 그 숟가락은
정말 필요한 걸까?

"그럴 게 아니라 집으로 돌아갈 때 라훌을 여행가방에 넣어 가면 어때요?"

남걀 사원에 오면 라훌부터 찾아다니는 삼례에게 공양간의 한 스님이 짓궂은 농담을 건넨다. 그러면서 스님은 씁쓸한 표정으로 그 얘기를 꺼냈다. 라훌에게는 약간의 문제가 있다고. 먹는 것이 부실해서일까, 실제로는 대여섯 살밖에 안돼 보이는 열 살의 천진난만한 꼬마스님에게 도대체 무슨 문제가 있다는 것인지 삼례는 도통 이해할 수 없었다.

어른들 허리춤 밖에 오지 않는 조그마한 키에 주황색 승복자락을 조금은 버거운 듯 틈틈이 어깨 너머로 넘기며 삼례의 뒤를 졸졸 따라다니곤 하는 라훌은, 말 대신 하얀 이를 드러내 보이며 활짝

웃곤 하는 인도의 동자승이다. 중인도의 한 지방에서 온 라훌을 삼
례가 처음 만난 것은 남걀 사원에서 5일간 열리는 붐촉 기도회의
첫날이었다. 다람살라의 망명 티베트인들은 물론이고 인도와 인근
나라의 스님들과 세계 각지에서 온 참배객들로 인산인해를 이루는
날, 라훌은 한 무리의 인도인 스님들 속에 앉아 있었다. 이른 아침
부터 늦은 오후까지 이어지는 기도 중간에 식사나 휴식시간이 있
을 때면 라훌은 같은 또래의 티베트 동자승인 켈상과 경내를 뛰어
다니며 놀곤 했다. 그러다가 삼례와도 금세 친구가 되어 삼례가 모
르는 사원의 구석구석을 안내해주기도하고 법당 주위를 함께 돌며
기도하자는 제안을 하기도 했다.

티베트어는 물론 기초적인 중국어와 인도어, 영어를 구사할 줄
아는 켈상 스님과 달리 라훌은 모국어인 인도어에도 서툰 편이다.
라훌이 초롱초롱한 눈망울로 고개를 갸우뚱 기운 채 연방 끄덕여
보이는 것은 삼례의 이야기를 알아듣기 위해 애쓰는, 혹은 말이 아
니라도 얼마든 통할 수 있다는 것을 보여주고픈 그만의 제스처라
고 할 수 있다. 같은 구역에 나란히 앉아 기도회에 참석하고 휴식
시간이면 법당 주위를 뱅글뱅글 돌며 함께 콜론을 돌리고, 그러다
가 간혹은 사원 근처 구멍가게에 나가 콜라와 과자를 나눠먹기도
하면서 삼례와 라훌은 사원에만 오면 서로를 찾아다니는 단짝친구
가 되었다. 그런데 그렇게 정이 쌓일수록 삼례는 라훌의 평소 생활

이 궁금하기도 하고 걱정스러워졌다. 길에서 무리지어 생활하면서 노숙하는 인도인 스님들을 종종 보았기 때문이다. 그러나 인도의 수행자들에게는 예사롭지 않은 일일 테니, 그런 생활 속에서도 라홀이 밝고 씩씩하게 자라 훌륭한 수행자가 되기를 바랄 뿐이었다. 그런데 기도회가 끝나는 마지막 날, 삼례는 라홀이 스님이 아닌 걸인들의 아이라는 사실을 알게 됐다. 공양간 할아버지의 말에 의하면 인도에는 구걸하기 위한 수단으로 승복을 빌려 입고 스님행세를 하는 걸인들이 많은데 사원에 행사가 있는 날이면 그런 이들이 모여든다는 것이다.

오늘은 경내 공양간에 있던 삼례를 라홀이 먼저 찾아냈다.

"라홀, 너는 이 다음에 커서 무엇이 되고 싶어? 스님이 되고 싶니?"

삼례의 말을 아는지 모르는지, 라홀은 여느 때처럼 갸우뚱 고개를 기울인 채로 경쾌하게 끄덕여 보인다. 이제 곧 기도회가 끝나면 삼례와 라홀은 이별을 하게 될 것이다. 이별선물이라고 하기에는 보잘 것 없지만 대개의 인도인들이 그렇듯 식사 때면 손가락으로 밥을 먹는 라홀에게 삼례가 며칠 전 건네준 것이 있었다. 플라스틱으로 만들어진 조그마한 숟가락이다. 숟가락질이 다소 어색하고 불편해 보이지만 오늘따라 라홀은 더욱 활짝 웃어 보이며 흔쾌히 그것을 사용해 밥을 먹는다. 그런데 정작 삼례에게는 숟가락이 없었다. 숙소에서 미처 챙겨오지 못한 것이다. (남갈 사원 공양간에는 수

저가 비치되어 있지 않으므로 수저와 컵을 챙겨가야 사원에서 제공하는 음식과 차를 먹

을 수 있다.) 접시에 담긴 음식물을 내려다보며 몇 번이나 망설이던 삼례는 하는 수 없이 손가락으로 난생처음 밥을 먹어 보았다. 어라, 평소보다 밥맛이 좋은 것은 왜일까?

다람살라의
조용하고 특별한 여행자들

　다람살라의 숙박업소 중 여행객들 사이에서 가장 인기가 좋다는 롤링 게스트하우스에 방 한 칸을 마련하면서부터 삼례는 비로소 여행자가 된 느낌이었다. 장기투숙객이 주로 거주하는 이전 게스트하우스는 집처럼 조용하고 편한 곳이어서 여행지에서의 설렘이나 생동감은 좀처럼 느낄 수 없었는데 롤링의 분위기는 완전히 다르다. 무엇보다 다람살라의 가장 번화한 중심부에 위치해있는 점과 그럼에도 불구하고 다른 곳의 절반도 되지 않는 가격에 숙박할 수 있는 롤링의 조건은 열악한 시설을 감수하고서라도 알뜰한 여행객들의 발길을 이어지게 만든다.

　별도의 욕실이 딸려있는 전망 좋은 방과 불교공부와 명상을 즐겨하는 조용한 투숙객들, 그리고 식사시간 때면 함께 밥을 나눠먹

으며 정든 이전 게스트하우스의 주인과 가족들 간의 친숙함과 편
안함을 포기하기란 여간 망설여지는 게 아니었지만, 세계 각국의
여행자들과 교류하며 그들의 다양한 사연을 접할 수 있는 롤링에
서의 생활이 삼례는 나름 만족스럽고 흥미진진하게 느껴졌다.

불편한 점은 물론 한두 가지가 아니다. 창문 단속을 단단히 하
지 않으면 남의 방에 들어와서도 되레 주인행세를 하는 원숭이들
에게 먹거리를 도난당해야하고, 옆방 투숙객의 코고는 소리나 복
도에서 일어나는 온갖 소음에도 무뎌져야 한다. 공동목욕실과 화
장실을 사용하기 위해 순번을 기다리는 것은 예사이고, 며칠 전부
터는 물 부족 사태가 일어나 정해진 시간 외에는 샤워를 할 수도
없게 됐다. 간혹 텃세를 부리는 장기 투숙객의 잔소리를 듣게 되거
나 투숙객들 간의 신경전에 본의 아니게 개입하게 되는 경우도 생
긴다. 그럼에도 불구하고 이곳 생활이 마음에 드는 까닭은 그러한
불편함 때문인지도 모른다. 낯선 이들과 소소한 일들로 부딪치는
속에 함께 어우러지는 법을 익히게 되는 불편함, 그러한 불편함은
다만 불편함이 아닌 것인지도 모르겠다는 생각을 삼례는 차츰 하
게 됐다. 어디에나 동반되는 비루한 삶의 자락들, 지지하고 초라한
삶의 일부분이 여행 중에도 여전히 함께하는 것이 달가울 리 없지
만, 선반 위 손바닥만 한 TV 한 대와 낡은 소파 몇 개가 전부인 허
름한 게스트하우스 로비에 앉아 있으면 그 또한 묘한 재미와 의미
로 새록새록 다가온다. 그러다가는 문득 초라하고 보잘 것 없는 일

상이 그다지 그런 것만도 아님을, 아니 어쩌면 오히려 꽤나 소중한 것인지도 모르겠다는 예감을 하게 된다.

대만에서 온 중년의 아줌마 릴리와가 엊그제 이곳을 떠나면서 남기고 간 여운도 일종의 그런 것이었다. 다람살라의 가장 저렴한 게스트하우스에서 두어 달을 머물면서 그녀가 한 일은 망명 티베트인들을 돕는 단체에서 자원봉사를 하거나 부모가 없는 아이들을 돌보는 보모 역할이었다. 수 년 간 치매에 걸린 어머니를 봉양하다가 다른 가족의 배려로 잠시 떠나온 여행길에서도 남을 돕기 위해 성심을 다하다가 다시 어머니의 침상으로 돌아간 그녀⋯⋯. 일상이나 여행이나 별반 다를 게 없었던 릴리와의 조용한 여정이 이곳에 남기고 간 파장은 의외로 커서 롤링의 투숙객들 중에는 벌써부터 그녀를 그리워하는 이들이 많다.

다람살라의 특별한 여행자들 중에는 벨기에에서 온 메를린도 빼 놓을 수 없다. 그녀는 여행 일정부터가 남다르다. 세계여행을 하던 중에 다람살라에 눌러 산지도 어언 9년째. 언제 벨기에로 돌아갈지는 자신도 알 수 없기에 메를린은 아마 여생을 이곳에서 마감하게 될지도 모른다고 했다. 그만큼 다람살라에 대한 애정이 남다른 그녀를 삼례가 처음 만난 곳은 탕카(티베트 불화)를 파는 가게 안에서 였다. 독특한 향내와 신비하고 섬세한 티베트 탕카에 반해 한동안 넋 놓고 구경하다가 삼례가 주인을 찾았을 때 인도사람도 티베트인도 아닌 웬 서양여자가 다가왔다.

"당신이 주인 맞나요?"

"물론이죠. '틀림없이' 맞습니다."(웃음)

활달한 성격에 맑고 깊은 눈과 미소를 지닌 그녀는 꽤 오래 전에 여행을 떠나왔고, 그런 중에 티베트 문화에 매료되어 다람살라에 탕카 가게까지 운영하게 된 자신의 여행담을 들려줬다. 그녀의 용기에 반해 "원더풀 라이프! 원더풀 다람살라!"라며 환호성을 지르는 삼례에게 그녀는 환한 미소와 함께 사진 한 장을 건넸다.

"제 가게에 달라이라마 성하가 두 번이나 방문하신 적이 있었어요. 그 분의 사진을 선물로 드리고 싶어요. 당신에게도 다람살라는 분명 특별한 곳일 거예요. 당신의 맑고 선한 업이 당신을 이곳으로 이끌었을 테니까요."

가게를 나오다가 문득, 삼례는 그녀의 이름 정도는 기억해두고 싶었다.

"메를린이라고 해요. 당신은요?"

오래되어 무료하고 하찮은 일상이 되어버린 여행. 그러나 메를린은 매일 매일이 신비롭고 감사한 여행 같다고 했던가……

찻잔에 시나브로 물들어가는 찻물처럼

원소 스님의 조그마한 휴대용 코펠이 삼례는 여간 탐나는 게 아니었다. 여느 코펠과 달리 전기로 물을 끓일 수 있어서 전기시설이 갖춰진 곳이라면 어디에서든 찻물을 끓이는 것은 물론 간단한 요리를 해먹을 수 있기 때문이다. 이 열악한 게스트하우스에서 조촐하고도 근사한 파티 분위기를 낼 수 있는 것도 스님의 다기능 코펠 덕이 크다. 마실 거리와 먹거리가 빠진 파티는 있을 수 없는 법. 원소 스님과 미아가 투숙하고 있는 203호에서는 이미 네거리 앞 시장에서 사온 감자가 코펠 속에서 고소한 냄새를 풍기고 있다. 다른 한쪽에서는 위층에 투숙한 선영이가 가세하여 일명 '레몬-진저-허니티(Lemon ginger honey tea)'를 만들고 있다.

같은 게스트하우스에서 지내면서 알게 된 삼례의 친구들이 예정에도 없던 즉석파티를 벌인 것은 몇 달 전 이곳에 일본인 여행객이 두고 간 꿀 때문이다. 실수로 잊어버린 것인지 짐이 무거워 일부러 빼놓고 간 것인지 알 수 없어 일정 기간 보관해두었지만 찾아가지 않자, 게스트하우스의 주인이 꿀단지를 개봉하게 됐고 그 덕에 삼례의 입까지 호강하게 된 것이다. 최상의 품질을 자랑하는 히말라야산 꿀에 레몬과 생강이 첨가된 차맛은 어떨지, 삼례는 미리 각 재료의 특성을 조합해 달콤새콤하면서도 쌉싸래한 맛을 그려보지만 상상만으로는 역시 그 맛을 알기 어렵다.

레몬-진저-허니티에 대한 효능과 진가에 대해서는 삼례가 다람살라로 오기 전 델리에서 만난 한 여행자로부터 익히 들은 바였다. 인도북부의 고산지역인 라닥을 여행하고 온 그 여행자는 삼례에게 그곳 수도인 레의 풍광과 그 지역 사람들의 순수함과 더불어 레몬-진저-허니티에 대한 예찬을 한참 늘어 놓았다. 레에서 고산병으로 죽을 고생을 하다가 어떤 여행자가 끓여준 레몬-진저-허니티를 얻어 마시고는 씻은 듯 나았다는 것이다. 그런 영험한 차와 함께 고소하고 포슬포슬하게 익은 감자를 곁들여먹는 맛은 다람살라와 같은 고산지역이 아니고서는 제대로 알기 힘들 것이다.

처음 맛보는 차에 대한 기대만큼 삼례가 자신의 방에서 가져온 컵의 크기는 유별나게 크다. 이미 여러 번 만들어본 경험이 있는지 미아의 차 만드는 솜씨는 능숙하다. 그 방법은 의외로 간단한데, 레몬을 적당한 크기로 잘라 컵에 짜 넣은 다음 생강을 얇게 저며 끓

인 물을 부은 후 취향에 맞는 양만큼 꿀을 섞어주면 된다. 차를 만드는 과정 중에 추가로 적당량의 수다를 가미한다면 그 맛은 배가될 것이다. 레몬-진저-허니티의 유래까지는 아니더라도 가령 이차가 어디에 이롭다든지, 레몬과 생강의 배합은 어느 정도가 적당하다든지, 혹은 그 비법을 전수받게 된 계기 등 각자의 경험과 정보를 나누는 수다스러움은 차의 맛과 분위기를 훨씬 그윽하게 만들기 때문이다. 더구나 같은 숙소에 함께 머무는 인연만으로도 큰 의지가 되고 위안이 되는 여행자들 사이에서 이러한 감미료는 차 맛뿐 아니라 여행의 맛까지 풍성하게 한다.

그러고 보니 여행지에서 즐기는 차 한 잔 한 잔에는 각별한 추억이 담긴다. 그것은 아련한 그리움이 깃든 이야기로 남는다. 찻잔 틈새로 서서히 물들어가는 찻물처럼 그 흔적 또한 잔잔한 속도로 고요하고 그윽하게 스며든다. 어둑한 저녁나절에 갑작스레 만난 빗줄기로 당황해 산길을 헤매던 그 날, 그 차에 대한 기억도 삼례에게는 그러했다. 산동네 위쪽에 위치한 남걀 사원에서 산중턱에 있는 숙소로 돌아오던 중 삼례는 비 오는 산길에서 고립된 적이 있었다. 날은 급작스레 어두워지고 빗줄기는 거세어져 나무 아래 피신해 있는데 엎친 데 덮친 격으로 맞은 편 폐가와 같은 건물에서 커다란 개 한 마리가 사납게 짖어댔다. 불안함과 두려움에 삼례가 어찌할 바를 모르고 있을 때, 건물 한쪽에서 전등불이 켜지더니 웬 청년이 삼례를 향해 손짓했다. 개를 조용히 진정시키고 처마 밑에 나무의자를 마련해 준 청년은 부엌으로 들어가 잠시 후 차 한 잔을 만들어 내왔다. 말수가 적은 린친이라는 청년은 삼례의 손에 커다란 찻잔을 들려주고는 다시 부엌으로 들어가 저녁준비를 했다.

사촌누이를 따라 홀로 망명 온 어린 티베트 청년이 허름한 부엌에서 달그락거리며 밥 짓는 소리가 쓸쓸하게 들려왔다. 그러나 머그컵 가득 담긴 차 한 잔을 홀짝홀짝 비우는 내내 삼례는 참 따뜻했다. 린친의 말없는 배려로 불안하고 조바심 났던 삼례의 마음이 잦아드는 빗줄기처럼 평온해졌다. 폐가를 방불케 하는 건물 귀퉁이에 세 들어 사는 형편이 오죽할까마는 다시 길을 나서려는 삼례에게 린친은 망설임도 없이 사촌누이와 공용으로 사용하는 우산을 들려줬다. 비오는 처마 밑에서 홀짝이던 그 차 한 잔의 기억을 삼례가 떠올릴때면, 린차의 밥짓던 소리와 하나 밖에 없는 우산을 내주던 모습이 더불어 다가온다. 어머니의 소리와 어머니의 마음을 닮은 그 소리, 그 마음이 찻잔 틈새로 시나브로 물들어가는 푸른 찻물처럼 삼례의 가슴에 그렇게 머물 것이다.

티베트 노장의 입맛을 사로잡은 '된장-텐툭'

손님들을 초대한 사람은 삼례인데 정작 흥이 난 사람은 따로 있다. 부엌 한쪽에서 수제비용 밀가루반죽을 치대고 있는 최덴 스님의 입에서는 콧노래까지 흘러나온다. 오늘 삼례가 점심식사에 초대한 사람들은 게스트하우스 주인의 가족인 도야 할아버지네와 한국인 여행자들이다. 그 수를 얼추 꼽아 봐도 십여 명은 족히 되는데, 삼례가 할 일이라고는 고작 식탁에 수저를 놓고 야채를 다듬는 정도밖에는 없다. 그만큼 최덴 스님의 요리솜씨는 전문요리사 못지않다. 그도 그럴 것이 티베트 사원에서 갈고 닦은 요리경력만 해도 십년이 넘는다. 삼례가 다람살라에 머무는 동안 길 안내와 통역 등 요모조모로 도움을 준 스님은 남을 돕는 일에 늘 신명이 나 있다. 어쩌면 그것이 그에게는 수행인 듯싶다.

삼례가 한때 머물렀던 게스트하우스의 부엌이 잠시 객들의 차지가 된 데에는 한 달째 한국 음식을 먹지 못하고 인도를 여행하다가 지친 원소 스님의 뱃속 사정도 한몫했지만 게스트하우스 냉장고에 남겨둔 된장과 우기(雨氣)초입에 이르러 눅눅해진 기후조건까지 한몫 거들었다. 한국인이나 티베트인이나 비가 오거나 으슬으슬해진 날에 유독 당기는 음식 중 하나는 수제비일 것이다. 다만 다른 점은 한국인들에게 수제비는 어쩌다 한번 씩 먹는 별미에 속하지만 티베트인들에게는 주식에 가깝다는 것이다.

티베트 사람들은 수제비를 일러 '텐툭'이라고 한다. 텐툭을 만드는 재료는 한국의 수제비와 다소 차이가 있지만 만드는 방법이나 그 맛에 있어서는 크게 다르지 않다. 그런데 이제부터 요리될 메뉴는 텐툭도 아닌 것이 수제비도 아닌 한편 텐툭이기도 하고 수제비이기도 하다는 점에서 더욱 별미라 할 수 있다. 양파와 토마토를 무르도록 볶아 양념한 국물에 구수한 된장을 풀어 넣고 끓인 이른바 '된장-텐툭'이라고 할 수 있다.

"티베트 사람들은 추운 날씨에서 살기 때문에 옛날부터 수제비(텐툭)를 즐겨먹었어요. 주로 저녁메뉴로 먹었죠. 그런데 티베트에서 수제비는 뭐니 뭐니 해도 암도 지역이 최고로 맛있어요. '수제비를 먹으려면 암도로 가라'는 말이 있을 정도니까요."

무와 소고기를 푹 고아서 국물을 내고 배추를 듬뿍 넣는다는 암도식 수제비(텐툭)의 비법을 늘어놓는 스님은 이미 두어 번은 입맛

을 다신 눈치다.

"스님, 이왕이면 감자도 깎아 넣자고요. 그래야 맛있잖아요."

"아닙니다. 티베트에서는 수제비에 감자를 넣지 않습니다. 그러니까 감자는 조금만 넣고 토마토를 좀 더 넣을게요."

"무슨 말씀이세요. 수제비에 들어간 감자가 얼마나 맛있는 줄 모르시죠? 이번 기회에 한번 드셔보세요."

그날, 삼례가 최덴 스님과 옥신각신한 끝에 완성한 된장-텐툭은 무엇보다 구수하고 얼큰한 된장 덕에 폭발적인 인기를 누렸다. 원소 스님을 비롯한 한국인 여행자들의 향수어린 뱃속은 모처럼 고향의 맛과 냄새로 호사를 누렸음은 물론이고 티베트인인 도야 할아버지와 그의 손녀들은 그날 저녁 두 배의 양으로 불어난 남은 수제비까지 남김없이 해치웠다는 후문이다. 티베트 노장의 입맛까지 사로잡은 된장-텐툭. 그 인기비결은 아마도 네 것 내 것이 경계 없이 어우러진 '화합의 맛'이 아니었을까……

밥은 법을 위해
필요할 뿐이라는 듯

매주 토요일이면 카르마파가 주석한 규토 사원은 세계 각국의 손님들로 북적인다. 티베트 불교의 4대 종파 중 하나인 카규파의 수장이며 달라이라마에 이은 티베트의 영적지도자, 카르마파를 친견할 수 있는 날이기 때문이다. 15~16세기경 카규파를 중흥시킨 초대 카르마파는 티베트불교의 최대 종파이자 달라이라마가 수장으로 있는 겔룩파가 세력을 갖기 이전까지 수백 년간 티베트 불교를 이끈 최고의 지도자였다. 달라이라마와 함께 불보살의 화신으로 일컬어지며 환생을 거듭해온 카르마파는 현재 17대 째를 이어가고 있다.

17대 카르마파로 인정받은 외겐-틴레-도르제가 중국의 통치 하에 있는 티베트로부터 극적인 탈출을 시도한 것은 1999년 겨울,

그의 나이 14세 때의 일이다. 달라이라마를 견제하기 위한 세력으로 카르마파를 추대해 이용하려했던 중국정부의 계략과 압력에 시달리다가 인도로 망명 온 그는 겔룩파 사원에 머물며 달라이라마의 보호와 지도를 받아왔다. 망명을 계기로 세계 언론에 주목받아 온 그는 현재 티베트 망명자들에게는 티베트의 전통과 문화를 지켜갈 것을 당부하며 서구 사회에 티베트의 상황과 불법을 알리는 차기 지도자로서의 길을 가고 있다.

그런 그를 가까이에서 친견한다는 것은 티베트인들은 물론 다른 나라 사람들에게도 영광된 일이 아닐 수 없다. 게다가 유창하고 다양한 외국어 실력을 갖춘 카르마파가 한국어에도 능숙한 편이라는 소문이 있어 삼례는 더욱 기대를 했다. 그런데 오늘은 다람살라에 머문 이래 처음으로 운이 억세게도 없는 날이다. 꽤 오랜 시간 버스와 택시를 번갈아 타고 규토 사원에 도착하고 나서야 카르마파가 바로 전날, 델리로 떠났다는 정보를 알게 된 것이다. 더욱 절망스러운 소식은 당분간 그를 친견할 수 없다는 거였다. 한동안 델리에 머물면서 명상에만 전념할 계획이라고 한다.

한 주만 일찍 방문했더라도 한국어로 인사를 나누며 카르마파를 친견할 수 있었을 텐데, 그야말로 오는 날이 장날이 됐다. 그러나 삼례는 버스에서부터 일정을 함께 한 왕두 할아버지에 비한다면 억울할 일도 아니라는 생각이 들었다. 노쇠한 몸을 이끌고 남인도에서부터 몇 날 며칠을 기차와 버스를 타고 이곳까지 온 그는 달라이라마와 카르마파를 친견하기 위해 몇 년 전부터 계획을 세웠다고 했다. 생애 마지막이 될지도 모를 순례길을 떠나온 것이다. 그런데 하필 다람살라에 도착한 며칠 전에 달라이라마도 초청법문에 참석하기 위해 영국으로 떠난 상황이었다.

실망과 낙담이 커서인지 왕두 할아버지의 안색은 아예 표정을 잃어버렸다. 나무그늘 아래에서 사원 너머 펼쳐진 설산만 응시하고 앉아있던 그를 삼례가 다시 만난 곳은 법당 안이었다. 어느 사이 온몸을 바닥에 눕혀 겸허히 절을 올리는 그의 모습이 소리도 없이 간절하고 숭고하다. 체념을 넘은 수용은 더욱 지극한 신심과 정성과 겸허함으로 이어져 한 배 한 배 절을 올릴 때마다 허허로운듯하나 충만한 에너지로 채워져 간다. 기도의 힘……. 티베트인들의 영적 에너지의 원천일 것이다.

'티베트 향우회'의 최고 귀빈, 노트북

규토 사원에 지인이 있다는 사실을 삼례가 문뜩 떠올린 것은, 법당을 나와 사원 한쪽에서 만다라에 필요한 재료를 준비하는 티베트 스님들의 모습을 구경하던 중이었다. 게스트하우스의 주지스님으로부터 자신의 도반인 따시 스님이 규토 사원에서 논쟁을 가르치고 있다는 말을 들은 기억이 났다. 따시 스님은 삼례가 다람살라에 도착한 첫날, 달라이라마의 법문을 듣기 위해 처음 남걀 사원을 방문할 때 도움을 준 스님이기도 했다.

넉넉한 풍채만큼이나 자비로운 성품을 지닌 따시 스님은 첫 만남의 기억에서처럼 시종일관 밝고 온화한 미소를 잃지 않았다. 예고 없는 방문에도 그저 반가워하며 기뻐하는 모습에 삼례는 마치 고향사람을 만난 듯한 기분까지 들었다. 그런데 그의 방안에서는

이른바 '티베트 향우회'가 한창이었다.

"우리는 방금 전에 식사를 마쳤는데 음식을 넉넉히 만들어놨으니 좀 들어보실래요?"

집에 온 손님을 배불리 먹여야만 직성이 풀리는 것은 티베트인도 한국인 못지않다. 음료수와 과일만으로는 성에 차지 않는지 삼례가 아무리 사양해도 몇 번이나 같은 질문을 하던 스님이 결국엔 음식을 푸짐하게 담아내 왔다. 여러 종류의 음식이 접시 위로 가득하다. 각종 야채와 당면을 볶아 만든 쵀마도 있고 콩깍지 요리도 있다. 토마토와 양파, 오이를 함께 썰어 넣고 새콤하게 절인 밑반찬은 삼례가 그 비법을 알고 싶을 만큼 개운한 맛이 일품이다. 휴일을 맞아 찾아온 한 고향 사람들을 위해 스님이 손수 정성껏 요리한 음식들이라 그 맛은 더욱 각별하다.

그런데 티베트 향우회에서 가장 중한 귀객은 맛난 음식도 사람도 아닌 한 대의 낡은 노트북이다. 이미 식사를 끝낸 사람들이 노트북을 방 한가운데 '모셔'놓고 담소를 나누며 노트북 삼매경에 빠져있다. 그 안에는 티베트 현지의 가족들과 친구들이 보내온 다양한 사진과 축제기념 행사와 최근 유행하는 뮤직비디오까지 고향과 관련된 소식들로 가득하다. 방 안은 즐거움과 애잔함, 설렘과 슬픔이 수시로 교차한다. 가족과 이웃의 모습이 담긴 사진이 한 장 한 장 넘어갈 때마다 숨을 죽였다가 웃음보가 터지고 웃음보가 터졌다가는 이내 고요해진다. 봄을 맞은 고향의 풍광은 억압된 체제와는 상관없이 여전히 푸근하고 정겹고 아름다웠다. 자유가 허락되지 않는 그곳에도 계절 따라 꽃이 피고 눈이 내리고 있었다. 그 속에서 자유를 잃어버린 부모와 형제들, 이웃들, 친구들이 설산 너머로 떠나보낸 이들을 위로하기 위해 되레 힘차고 밝게 웃고 있었다.

분위기가 다시 화기애애해진 것은 동영상 속의 티베트 가수가 전통복 차림에 화사한 머플러를 두르고 나와 리듬에 맞춰 "스승님, 당신을 따라 부지런히 불법을 배우고 익혀 자비를 실천하렵니다"라는 가사의 유행곡을 부르면서부터였다. 최신 유행곡에도 불법을 따르고 전통의 문화를 수호하려는 의지가 담겨있을 줄이야. 삼례는 티베트인들의 타고난 불심과 기개에 놀라지 않을 수 없었다.

게스트하우스로 돌아가는 길, 카르마파를 친견하고자 나름에는 제법 먼 길을 나선 것이라 삼례는 규토 사원 인근에 있는 돌마링 곰파에 들러 가기로 했다. 2백여 명의 아니들이 수행하는 돌마링 곰파는 노블링카의 한적한 곳에 위치해 있었다. 늦은 오후, 경내는 쥐죽은 듯 고요했다. 그런데 법당 안에서는 한바탕 야단법석이 났다. 티베트만의 독특한 불교공부법인 논쟁이 한창 진행되고 있었다. 주로 일대일의 격렬한 토론과도 같은 형식을 취하는 티베트 불교의 논쟁은 불법에 대해 서로 묻고 답하는 속에서 논리적이고도 깊이 있는 사유와 이해의 힘을 키우게 된다. 그런데 이곳에서의 논쟁은 조금 특이하다. 이른바 단체전이라고 할까. 십여 명의 아니

들이 한 팀을 이뤄 중앙에 앉아있는 스승을 향해 질문과 답을 주고받는 식이다.

넓은 법당을 채우고도 모자랄 만큼 불법을 배우는 아니들의 열정과 열기는 뜨겁다. 얼마간의 시간이 흐르자, 법당문 밖에서는 이들의 열의만큼이나 뜨겁게 달궈진 차가 대기하고 있었다. 차 담당 아니들이 커다란 찻주전자를 준비해놓고 기다리고 있다가 적절한 순간에 들어와 차를 나눠주기 시작했다. 잠시 후 삼례 앞에도 뜨거운 차 한 잔이 놓였다. 그제야 삼례는 오늘 비록 카르마파를 친견하지는 못했지만 억세게 운 좋은 날이라는 생각이 들었다. 지나가는 구경꾼에게도 찻잔 가득 따뜻한 차를 챙겨주고, 식기 전에 마시라며 손짓을 해보이고, 차를 마시다가 눈이 마주칠 때면 무안하지 않도록 엷은 미소까지 지어보이는 자비로운 수행자들과 홀짝홀짝 즐기는 차맛을 세상 어디에서 맛볼 수 있을까? 불법을 공부하는 중에도 기도를 올리는 중에도 틈틈이 차를 마시고 끼니를 해결하기도 하는 티베트 수행자들. 이들과 함께하는 밥맛 차맛에는 확실히 남다른 특별한 맛의 미학이 있다. 밥과 법이 다르지 않다는 듯, 밥은 그저 법을 위해 필요한 것이라는 듯, 그런 일깨움의 미학이……

라닥의 산타클로스가 선물한
수제빵의 비밀

일부 특권층을 제외하고는 비자를 받는 것이 하늘의 별을 따는 것과 같이 어렵던 시절, 가난과 먼지만 폴폴 날리던 이곳 망명인의 땅에 와서 정착한 한국인 승려가 있었다. 스승을 찾아 방랑하던 그는 인도 만행 중에 장차 스승이 될 분을 만났다. 다름 아닌 달라이라마였다. 자비의 화신으로 불리는 달라이라마에게 14가지 질문을 던진 그는 돌아오는 답변마다 깊은 감동과 전율을 느꼈다. 그 힘은 다른 게 아니었다. 진실한 인간애였다. 한국으로 돌아간 그가 온갖 우여곡절 끝에 기어코 비자를 받아 달라이라마가 머물고 있는 다람살라로 온 것은 그 때문이었다. 처음엔 달라이라마 곁에서 3년만 공부할 계획이었다. 그러나 어느덧 25년의 세월이 흘렀다. 그간의 수행체험을 통해 느낀 달라이라마는 붓다의 화신이며 천수천안

(千手天眼)의 관세음보살이 틀림없다. 수행자로서 한자리에서 25년을 버틸 수 있는 것은 그러한 스승에 대한 불변의 신뢰와 믿음 때문이다.

"내겐 평생토록 사랑할 수밖에 없는 두 애인이 있어요. 한분은 간디 할배님이고, 또 한분은 존자님(달라이라마)이죠. 오래 전에 간디는 자신의 종교를 '진리'라고 했고, 존자님은 '친절'이라고 하셨죠. 존자님은 불교를 종교가 아니라 과학이고 철학이라고도 하십니다. 그렇다면 나의 종교는 무엇이 돼야할까 고심한 적이 있었어요."

나의 종교는 피플(People), 즉 '민중'이다. 이것이 십년 전에 스님이 선언한 고심의 결과였다. 그러기에 남에게 배려하는 시간을 가장 중히 여겨왔고, 그러기에 자신이 종교인임에도 불구하고 도그마의 논리로 민중을 병들게 하는 종교의 횡포와 성직자의 이중성을 바로 보고 비판할 수 있었다. 진정한 종교는 진리이며 친절이고 민중이기에, 매년 약이며 돋보기, 보청기, 승복 등을 싣고 라닥의 가파른 산길을 오르내리며 가난한 이들의 산타크루즈가 된 스님, 그가 바로 청전 스님이다.

삼례가 다람살라를 떠나기 이틀 전 그를 만난 건 행운이었다. 법문으로 유럽에서 두어 달 머물다온 스님은 시차에 적응할 새도 없는 바쁜 와중에도 흔쾌히 삼례를 당신의 토굴에 초대해 주었다. 그런데 삼례에게 더욱 큰 행운이 기다리고 있었다.

"내일 떠날 때 여기에 한 번 더 들러 가면 어때요? 심야버스에서 먹을 야참이랑 다음날 델리에 도착해서 먹을 아침거리를 장만 해 줄 테니. 내가 빵을 어느 정도로 잘 만드냐하면 뉴욕제과나 빠리바게트보다 더 잘 만들거든요."

사실 식복(食福)만한 복이 있을까. 더구나 천연의 재료만을 사용해 만든 수제빵이라니, 이것이 웬 복이랴. 삼례는 이스트를 넣지 않는 대신 오랜 시간과 정성이 필요하다는 청전 스님만의 수제빵에 대한 기대로 입맛이 한껏 부풀었다.

"아니 이스트도 없이 대체 어떻게 빵을 만들 수 있죠? 이스트를 넣지 않으면 반죽이 부풀어 오르질 않거든요."

제빵에 관심이 많아 제빵제과학원에 다닌 적도 있다는, 삼례와 같은 게스트하우스에 투숙 중인 미아는 청전 스님의 말을 전해 듣고 그 비법을 삼례보다 더 궁금해 했다. 다음 날 삼례가 청전 스님의 토굴을 방문할 때 미아를 데려간 것은 그녀의 그런 의문 때문만은 아니었다. 뉴욕에서 대학을 나온 미아는 혼란의 시기를 겪는 중이었다. 대학시절에 그녀는 백인들의 발바닥을 마사지해서 번 돈으로 학비를 조달하면서도 자선단체에 틈틈이 기부할 정도로 마음 따뜻한 소녀였다. 한때 수녀원에서 생활한 적도 있을 만큼 남을 위해 봉사하고 헌신하는 삶을 추구해온 그녀가 혼란을 느낀 것은 자선단체의 위선과 사기를 직·간접적으로 겪은 후부터다. 심지어는 세계적으로 유명한 자선단체나 종교단체까지 그러했다. 굶

• 청전 스님 사진 제공

오래 전에 간디는 자신의 종교를 '진리'라고 했고, 존자님
은 '친절'이라고 하셨죠. 존자님은 불교를 종교가 아니라
과학이고 철학이라고도 하십니다. 그렇다면 나의 종교는
무엇이 돼야할까 고심한 적이 있었어요." 나의 종교는 피플
(People), 즉 '민중'이다. 이것이 십년 전에 스님이 선언한
고심의 결과였다.

주리거나 교육을 받지 못하는 제3세계의 아이들에게 자신이 수년 간 지원한 후원금이 당사자들에게 전달된 적이 없다는 사실을 안 것은 미아에게는 큰 충격이 아닐 수 없었다. 남을 도우려는 선량한 의지와 순수한 마음까지 상업적으로 이용당하는 세상에서 미아는 길을 잃어버린 것이다.

"언제부터인지 누굴 돕자는 명분 아래에는 항시 계좌번호가 적혀 있더군요. 물질적으로만 풍족한 시대에 살다보니 누구를 돕는 것도 돈이면 해결된다는 식이 됐어요. 이건 인간의 영혼을 타락시키는 거예요. 돈이 쌓이면 인간은 타락하게 돼 있어요. 그러니 어디에든 지혜가 필요해요. 누군가를 돕는 일도 마찬가지고요."

그렇다면 이 시대에 어려운 사람들을 돕는 길은 무얼까? 청전 스님의 말에 동의를 하면서도 삼례와 미아는 더욱 미궁으로 빠져드는 것 같았다.

"비 오는 날, 우산 없는 사람에게 우산 하나 사주는 것보다 큰 도움은 비를 맞으며 함께 가는 거예요. 배고픈 사람이 있으면 차라리 함께 굶어보세요. 돈이 아니라 애정 어린 마음이 우선시돼야 해요. 우리 주위에 고독한 이웃들이 얼마나 많습니까. 그런 이웃에게 말벗이 돼주고 관심과 애정을 보이는 것이 물질로 베푸는 것보다 큰 사랑이죠."

청전 스님은 곧 라닥으로 떠날 예정이라고 했다. 매년 그를 기다리고 있는 라닥의 수행자들과 주민들은 그에게 더할 나위 없이

고마운 친구이자 이웃이기도 하다. 누군가를 돕는 것도 알고 보면 자신을 돕는 행위이기 때문이다. 말하자면 서로가 서로에게 베푸는 자비이자 사랑인 것이다. 오십견(伍十肩)의 고통에도 불구하고 올해도 어김없이 라닥의 산타클로스가 되고자하는 스님. 가난하지만 순수한 영혼을 지닌 이웃들에게 그가 정작 전하고 싶은 것도 실은 보따리 속 생필품만은 아닐 것이다. 서로가 서로를 아끼고 배려하는 마음, 그보다 진실하고 고귀한 선물이 있을까? 그런데 청전 스님은 대체 이스트도 넣지 않고 어떻게 빵을 만들었을까? 하루를 꼬박 걸려서 만든 빵에 히말라야산 꿀을 손수 발라 도시락을 싸주면서도 스님은 그 비결에 대해서만큼은 아껴두고 가르쳐주지 않았다.

공양간 노란문이 열리면

1판 1쇄 펴낸날 2014년 12월 10일

지은이 함 영
펴낸이 이규만

펴낸곳 참글세상
출판등록 2009년 3월 11일(제300-2009-24호)
주소 서울시 종로구 인사동 7길 12 백상빌딩 1305호
전화 (02) 730-2500
팩스 (02) 723-5961
e-mail kyoon1003@hanmail.net

ⓒ 함영, 2014

ISBN 978-89-94781-28-0 03910